마이카시대

Life goes on!
마이카시대

초판 1쇄 발행 2024년 11월 20일
초판 2쇄 발행 2024년 11월 22일

지은이 ｜ 스토리공장
발행인 ｜ 이승현

편집 ｜ 강세윤, 이상원
마케팅 ｜ 최홍석
제작 ｜ 김주형
디자인 ｜ 이원우

펴낸곳 ｜ 펜타클
주소 ｜ 경기도 파주시 헤이리로 133번길 63, 4층(10858)
전자우편 ｜ pentaclebooks@naver.com

인쇄·제본·후가공 ｜ (주)프린탑
배　　본 ｜ 문화유통북스
글 ⓒ 스토리공장, 2024
ISBN 979-11-987570-5-0 (03810)

＊ 이 책은 저작권법에 따라 보호받는 저작물이므로 무단 전재 및 복제를 금합니다.
＊ 잘못 만들어진 책은 구입처에서 바꾸어 드립니다.

＊ 이 책의 모든 제작은 단행본 전문 디지털윤전인쇄소 (주)프린탑에서 진행하였습니다.
　 제작문의: printopsolution@naver.com

스토리공장 소설집

펀탄클

차례

공장장의 말 ······················ 6

1부

조랑말처럼 튼튼했다 포니 엑셀 ········ 11
당신과 늘 함께합니다 제네시스 G80 ···· 31
술이 웬수지 카니발 ····················· 49
무조건 직진 홍 여사 마티즈 ··········· 63
빨간 지프는 사랑이어라 록스타 ········ 81
첫정은 자부심이다 프라이드 ··········· 93
아버지의 상전 삼륜차 ················· 109

2부

Life goes on 투싼 ···················· 123
그해 여름은 뜨거웠다 스쿠프 ········· 139
나 이런 사람이야 그랜저 ·············· 153
화양연화_꽃 같은 시절 아반떼 ········ 165
그날 아내가 속삭였다 포텐샤 ········· 185
카수가 이 정도는 타야지 아우디 A6 ··· 197
어떤 인생 포터 ······················· 213

공장장의 말

전쟁 이후 70여 년, 한국인들은 가히 마법과 같은 시간을 보냈습니다. 시커먼 매연을 뿜어대는 디젤 버스도 귀해서 한두 시간씩 걸어서 학교를 다녔는데, 이제는 대부분 가정이 두 대 이상의 자가용을 소유하고 있지요.

마을 공회당 위에 매달린 스피커를 통해 나오는 한국방송이 유일한 방송이고, 신문은 일주일에 한두 번 몰아서 배달되었는데, 이제는 케이블방송까지 200개가 넘고, 인터넷신문까지 언론사가 3천 개도 넘고요.

마을 이장 집에 놓인 자석식 교환 전화기 한 대가 전부여서 값비싼 전보가 급한 소통 수단이었는데, 이제는 유치원생부터 할머니까지 스마트폰을 달고 삽니다. 암을 비롯해 온갖 질병을 치료해 내는 의학기술, 007 영화에나 나오던 내비게이션, 로봇, AI 등 과학기술의 발전은 마술의 단계를 넘어선 지 오래입니다.

문화적인 변화도 상상 이상이었지요. 생활 깊숙이 파고든 민주주의, 인권의 신장, 사회 전반의 직접적인 폭력 감소 등 과거 수천 년간 큰 변화가 없던 한국인의 삶이 불과 반세기 남짓 만에 완전히 바뀌어 버렸습니다.

스토리공장은 급속한 변화를 몸과 마음으로 겪으며 살아온 보통 사람들의 이야기를 편안하게 읽을 수 있는 스토리로 만들어보려고 합니다. 우주는 초당 수십 킬로의 속도로 팽창하고 있고, 하늘에는 수천 개가 넘는 인공위성이 총알보다 빠르게 날고 있어도, 오늘도 퇴근 시간을 기다리며 지루한 오후를 견디고, 술 마시고 노래하고 사랑에 울고 웃는 평범한 사람들의 이야기를 그려보려고 합니다.

『마이카시대』의 이야기들이 많은 독자들에게 그 시절의 반짝이던 순간들을 재미있게 반추해볼 수 있는 시간을 줄 수 있기 바랍니다.

스토리공장 1기 공장장, 김한수

1부

포니 엑셀

조랑말처럼
튼튼했다

영숙 씨의 고생은 토지개혁으로 시작되었다.

1950년 6월, 남북 사이의 3년 전쟁이 터지기 직전이었다. 이승만 대통령은 지주들의 땅을 강제로 매각해 소작인들에게 나눠주고, 땅값은 10년간 나눠서 정부에 내도록 했다. 전쟁만 아니었어도 많은 농민이 빚을 갚지 못해 지주에게 땅을 다시 빼앗겼을 것이다. 그런데 전쟁으로 화폐가치가 떨어지면서 농민들은 쉽게 땅값을 갚을 수 있었고, 지주들은 폭삭 망했다.

마을에서 제일 높은 곳, 너른 들이 내려다보이는 골기와 집에 살며, 자기 손에 물 한 방울 묻히지 않고, 소작인들의 손만으로 농사를 짓던 이 씨네도 망했다. 그 많던 논을 거의 다 빼앗기고, 소작인을 고용할 처지도 못 되어, 직접 소매 걷어붙이고 거머리 물려가며 농사를 지어야 했다.

영숙 씨의 아버지는 토지개혁을 계기로 지주들의 정당인 민주당에 들어가 이승만 반대 투쟁에 앞장섰다. 열렬한 민주당원이 된 아버지 이 씨는 4.19로 이승만이 물러난 뒤에 실시된 지방선거에서 군의원에 당선되었는데, 1년도 안 되어 군사쿠데타가 일어나자 박정희를 상대로 반독재운동을 계속했다.

이 씨네 둘째 딸 영숙 씨의 첫 경제활동은 지금의 광화문 자리에 있던 정부중앙청사로 땅값을 받으러 가는 일로 시작되었다. 십 대 후반이던 언니를 따라 해도 뜨기 전에 집을 나서 중앙청까지 오십 리가 넘는 흙길을 걸어갔다. 담당 부서에 서류를 제출하면 땅값을 내주는데, 지폐로 반 가마니나 되니 창구로 주지 못하고 질질 끌고 와서 주었다. 어린 자매가 체격에 맞게 돈을 나누어 머리에 이고, 먼 길을 걸어오면 깜깜한 밤중이었다.

땅값 받아오기는 몇 번이나 계속되었는데, 영숙 씨와 언니가 땀과 먼지를 뒤집어쓰며 돈을 가져와 봤자 가뭄 들어 메마른 논에 오줌 누기였다. 여전히 집만 번듯할 뿐, 가을이 되어도 쌀 창고에는 허전하니 찬바람이 도는데, 아버지는 정치를 한답시고 매일 사람들을 불러들여 쌀독을 바닥내고 술만 마셔대니 살림이 나아질 수가 없었다.

아버지는 '민주주의'라는 단어를 입에 붙이고 다니는 신지식인이었으나, 대한제국 시절에 태어난 옛사람이었다. 딸에게 고등교육을 시키거나, 아들과 동등하게 재산을 물려준다는 것은 아버지의 이치에는 맞지 않았다.

중학교와 고등학교 과정을 합쳐 중학교라 부르던 1950년대였다. 전쟁 통에 학교에 다니지 못했던 영숙 씨가 뒤늦게 중학교에 진학하고 싶다니까, 아버지는 단칼에 끊었다.

"계집애가 무슨 중학교냐? 소학교 나왔으면 됐지."

당시 오빠는 서울에 올라가 대학교에 다니고 있었다. 중앙청까지 다녀오는 것도 아들은 공부해야 한다며 어린 딸들을 보낸 아버지였다. 아무리 넓은 땅을 빼앗겼어도, 산도 있고 밭도 있어 여전히 동네 제일의 부자였는데, 정치에만 돈을 뿌리고 자식 교육은 거부하니 얼마나 섭섭한지 몰랐다.

"여자도 공부해서 퀴리 부인처럼 훌륭한 사람이 될 수 있어요. 나는 꼭 중학교 갈래요."
"니 언니도 소학교만 나왔어도 결혼 잘해 잘 살잖니? 많이 배우나 조금 배우나 여자 일생은 남편에게 달린 거야."

영숙 씨가 따지자 엄마까지 나서서 말렸다.
며칠이나 울고불고 싸웠지만, 끝내 허락받지 못했다. 매달 월사금을 내야만 학교에 다닐 수 있던 시절이었다. 유사시 월사금을 대신 내줄 수 있는 보증인까지 세워야 입학이 허가되었다. 학생들이 할 수 있는 아르바이트나 부업이 있던 시대도 아니라, 부모의 반대 속에 중학교를 다니는 건 거의 불가능했다.

하지만 영숙 씨가 누구인가? 어려서부터 고집이 세서 다섯 아이 중 유일하게 부모님에게 혼이 나던 영숙 씨였다.

"영숙아! 영숙이 어디 갔냐, 이노무 계집애!"

아버지가 고함치는 날이면 집안에 비상이 걸리고, 엄마는 딸을 숨겨주기 바빴다. 그래도 매를 맞은 적은 거의 없었다. 영숙 씨가 친구 집으로, 이웃집으로, 고모 집으로 바람처럼 달아나 버렸기 때문이다. 뒤끝이 없는 아버지는 딸이 다음날 들어오면 어제 일은 벌써 다 잊어버리고 말했다.

"어디 갔다 오냐? 어서 밥 먹어라."

영숙 씨는 스스로 돈을 벌어 중학교에 다니기로 했다. 방법은 오직 하나, 몰래 농산물을 내다 파는 것이었다.

영숙 씨는 우선 부모님 몰래 본 입학시험에 합격하자, 자기 집 창고에서 쌀을 훔쳐 읍내 싸전에 팔아 등록금을 냈다. 보증인은 아버지의 누나인 큰고모에게 사정해 큰고모부가 서도록 했다. 새 교복은 너무 비싸서 동네 언니에게 부탁해 낡은 교복도 얻고, 책가방 살 돈도 없으니 하얀 광목천에 책을 싸서 다니기로 했다. 교복과 책 보따리는 같이 입학한 친구 집에 숨겨두었다.

밭에 농작물이 자란 봄부터는 채소를 팔기 시작했다. 부지런한 부모님도 아직 일어나지 않은 깜깜한 시간에 밭에 나가 대나무 광주리 가득 채소를 따서 친구 집으로 갔다. 숨겨두었던 교복을 입고 머리에는 책 보따리와 채소가 담긴 무거운 광주리를 이고 읍내에 가서 청과물 가게에 팔고 등교했다. 광주리는 청과물 가게에 맡겼다가 하교할 때 찾아 친구 집에 숨겨놓았다.

영숙 씨의 고군분투는 반년 넘게 계속되었다. 다른 애들은 깔끔한 새 교복에 새 가방을 들고 등교해, 점심시간이면 엄마가 싸준 맛있는 도시락을 먹었다. 하지만 영숙 씨는 밀가루라도 뿌린 듯 허옇게 바랜 헐렁한 낡은 교복을 입고, 도시락 대신 밭에서 따온 오이나 무로 허기를 때웠다. 제일 눈에 띄는 것은 누렇게 색이 바래고 기운 자국이 선명한 책 보따리였다.

기가 죽지는 않았다. 애들이 뒷담화하거나 말거나, 손가락질하거나 말거나, 언제나 빳빳이 고개 들고 당당하게 걸어 다녔다. 친구들에게는 늘 이렇게 말하곤 했다.

"어떤 년이든 놀리기만 해라, 머리채를 싹 뽑아버릴 테니."

감히 영숙 씨에게 시비 거는 아이는 없었다. 그러나 촌 동네에 비밀은 없었다. 교복 입은 여학생이 채소를 광주리에 이고 다닌다는 소문은 금방 퍼졌다. 아버지의 귀에 반년 만에 들어간 게 오히려 신기했다.

"영숙아! 영숙이 어딨냐? 동네 창피하게 광주리를 이고 학교에 다니고 있다고?"

이번에는 정말 모질게 회초리를 맞을 뻔했다. 엄마가 얼른 숨겨주고 남편을 설득해서 무마시킬 수 있었다. 아버지의 화가 풀린 건 아니었다.

"이노무 계집애, 학교에 가지 못하게 방에 가두고, 절대 월사금 주지 마!"

영숙 씨의 고집이 꺾인 것도 아니었다. 몇 년 후의 이야기지만, 아버지가 자유당 정치깡패들의 온갖 협박과 방해 속에서도 반독재투쟁을 계속한 끝에 이승만이 물러나자 군의원에 당선된 것처럼, 아버지를 닮은 영숙 씨도 굴복이라는 단어를 몰랐다.

며칠 동안 집에 갇혀서도 단식하며 버티던 영숙 씨를 도와준 이는 이번에도 엄마였다. 물 한 모금도 안 먹고 쓰러져 누워 있기를 사흘째, 방문이 열리고 엄마가 들어왔다.

"영숙이 자냐? 미음 좀 먹어라."

엄마의 손에는 따끈한 쌀죽 그릇이 들려 있었다. 기운 없는 눈을 떴다가 못 본 척 다시 눈을 감아버리는데, 엄마가 뭔가를 영숙 씨의 가슴 위에 올려놓았다. 묵직했다. 뭔가 하고 실눈을 떠보니 책가방이었다. 엄마가 책가방을 사 온 것이다. 학교 가는 걸 허락했다는 뜻이었다.

"엄마!"

영숙 씨는 눈을 번쩍 뜨고 일어나며 와락 가방을 안았다. 목이 메어 엄마란 말밖에는 할 수가 없었다. 아버지와 싸우고 단식하면서도 흘리지 않았던 눈물이 나왔다.

2

영숙 씨의 두 번째 고생은 결혼으로 시작되었다.

엄마의 강력한 지원으로 더 이상 채소를 팔지 않아도 중학교에 다닐 수 있게 된 영숙 씨는 누구보다 행복한 학창 생활을 보낼 수 있었다. 졸업만 하면 서울 관공서에 취직해 멋진 옷 입고 뽀족구두 신고 새로운 삶을 누릴 것이라 생각했다.

하지만 야무진 환상일 뿐이었다. 아직은 1950년대, 산업 개발로 일자리가 폭발적으로 늘어나는 건 1970년대의 일이었다. 대학을 나온 남자들도 갈 데가 없는 판이니, 여자를 필요로 하는 곳은 없었다.

결국 영숙 씨는 아버지가 강권하는 대로 결혼을 할 수밖에 없었다. 신랑도 신부도 상대방의 얼굴 한번 보지 않고, 양가 아버지의 합의만으로 혼인이 이뤄지던 시절이었다. 남편 될 사람이 시골의 부잣집 둘째 아들이며 나이는 동갑이란 것 외에는 아무것도 모른 채 결혼이 진행되었다.

시집간다는 말이 말 그대로 시집에 들어가 산다는 뜻이던 시절이었다. 신부는 얼굴에 연지곤지 찍고 신랑은 사모관대 차림으로 구식 결혼식을 마치고, 시집에서 신혼을 시작했다.

시댁도 동네에서 제일 큰 기와집이었고, 마당에 깊은 우물도 있어 잘 사는 줄 알았다. 동네에서 제일 부자인 건 맞았다. 그러나 남편은 둘째 아들이었다. 맏아들이 모든 재산을 상속받는 시대여서 남편 소유의 땅은 한 평도 없었다.

남편 역시 꿈도 야망도 없는 알짜배기 촌놈이었다. 아버지와 형 앞에서 절절매며 온종일 허리가 휘도록 일만 했다. 대가는 겨우 하루 세끼 밥 얻어먹는 거였다. 이러다가는 평생 형 밑에서 농사지어주다가 늙을 판이었다.

영숙 씨는 신혼의 힘을 빌려 남편을 부추기기 시작했다. 용기를 얻은 남편은 자기 손으로 아담한 기와집을 지어 2년 만에 분가할 수 있었다. 분가를 하니 시아버지가 땅을 나눠주었는데, 논 4백 평이 전부였다. 겨우 쌀 두 가마 남짓 나오는 넓이였다. 집이 있으니 거지라고 할 순 없지만, 요즘의 기초생활수급자보다 못한 처지였다.

막상 분가는 했어도 남편의 생활은 바뀌지 않았다. 4백 평 논에서 할 일은 별로 없었다. 여전히 형네 논밭에 가서 무료 봉사를 해주거나, 산에 가서 땔감을 해오는 게 전부였다. 긴 겨울이 오면 동네 친구들과 밤새도록 돈내기 화투를 쳤는데, 돈을 몽땅 잃고 와서는 이웃집 가서 돈 좀 빌려오라고 윽박지르기 일쑤였다. 겨울이라도 새끼를 꼬거나 짐승을 키우는 일들을 할 수 있었으나, 아직은 새마을운동이 시작되기 전이었다. 남편뿐 아니라 동네 남자들이 다 그렇게 허송세월했다.

굴복을 모르는 영숙 씨가 거지 같은 생활을 면하기 위해 선택한 것은 이번에도 대나무 광주리였다. 동네마다 구멍가게가 생기기 한참 전이고, 매번 아낙네들이 먼 장터에 다녀오기도 힘들어서, 마을을 돌아다니며 물건을 파는 이들이 필요했다. 둘째 아이를 낳고는 갓난아이를 등에 업은 채 방물장수 일을 시작했다.

방물장수란 여자들에게 필요한 화장품, 거울, 참빗, 머리핀 같은 장식품부터 바느질 도구나 패물을 광주리에 이고 팔러 다니는 행상인데, 보통 힘든 일이 아니었다. 아이까지 업은 채 온종일 무거운 광주리를 이고 돌아다니면, 목도 다리도 허리도 내 것이 아닌 듯 아팠다. 게다가 물건을 팔면 팔수록 광주리는 더 무거워졌다. 현금이 귀한 시절이라 무얼 사든 쌀, 보리, 콩, 조 같은 곡물로 대신 값을 치르기 때문이었다. 운이 좋아 물건을 많이 팔고 돌아오는 날은 돌덩이를 이고 오는 듯 골이 아프고 목이 끊어지는 것 같았다.

방물장수는 보통 늙은 여자들의 일이었는데, 이십 대 후반의 새색시가 돌아다니니 근동에 널리 소문이 났다.

젊은 여자가 남사스럽게 그런 장사를 하냐며 흉보는 사람도 많았다. 여자들에게 필요한 물건을 팔러 다니는 건데, 공공연히 집적대는 남자들도 한둘이 아니었다. 부인이나 애들 준다며 물건을 팔아주니 매몰차게 대하지도 못하고, 어떻게든 물건만 팔고 도망쳐 오는 길이면 너무 분하고 원통했다. 뭐라도 팔아볼까 하고 남의 집 싸리문 앞에 서서 안을 기웃거리면 도둑인가 의심하며 사납게 소리치는 사람들도 있었다. 그런 날은 온종일 기분이 나빴다.

남편은 자기 감정을 표현하거나 남을 설득하는 데는 영 젬병인 사람이었다. 시댁 어른들이나 친구들이 왜 젊은 각시를 밖으로 내돌리냐며 핀잔하는 날이면 반드시 광주리를 뒤집어엎어 버리며 소리쳤다.

"장사 때려치워! 동네 창피해서 못 살겠네!"

하지만 아버지도 오빠도 못 꺾은 고집을 동갑내기 남편이 꺾을 수는 없었다.

"내가 돈 안 벌면? 쌀은 무슨 돈으로 사고, 애들 병원비, 학비는 누가 거저 내준대?"

현실을 들이대면, 남편은 들었던 손바닥을 슬그머니 내렸다. 갈수록 단골이 늘어난 영숙 씨가 적지 않은 돈을 벌어오니, 은근히 장사를 장려하기까지 했다.

어느 날은 너무 먼 동네까지 다녀오느라, 해가 떨어져서야 집에 돌아오게 되었다. 전등이 없던 시절이었다. 낮에는 익숙한 곳이라도 밤이 되어 완전한 어둠에 덮인 시골길은 무서웠다. 마침 달빛도 없는 그믐이었다. 희미한 별빛에 의존해 산기슭마다 자리 잡은 묘지들을 바라보지 않으려 애쓰며 걸음을 재촉할 때였다. 모퉁이를 도는데 불쑥 검은 그림자가 나타났다.

"어머나! 누구세요?"

너무 놀라 말도 잘 나오지 않는데, 검은 그림자는 성큼성큼 걸어왔다. 무서우니 고함도 칠 수 없었다. 코앞까지 다가온 검은 그림자에서 훅 풍겨오는 담배 냄새로 남편임을 알 수 있었다. 남편은 손을 쭉 펴더니 영숙 씨의 머리 위에 얹힌 광주리를 잡아 내렸다. 순간, 영숙 씨는 남편이 또 화가 나서 광주리를 팽개치려나 보다 했다.

"아, 안 돼요!"

놀라서 말리려는데, 남편은 광주리를 양손에 잡고는 휙 돌아섰다. 그러고는 아무 말 없이 성큼성큼 집을 향해 앞장서는 것이었다.

영숙 씨의 광주리 사랑은 서울로 이사하고도 계속되었다.

도시로의 대이동이 시작된 1960년대 말, 영숙 씨 가족도 서울로 이주해 봉천동 산동네에 자리 잡았다. 서울 인구가 드디어 백만 명을 돌파했다고 잔치를 벌이던 무렵이었다.

영숙 씨네는 시골 땅과 집을 다 팔아 겨우 루핑으로 지붕을 덮은 13평짜리 블록집을 한 채 살 수 있었다. 다행히 남편이 임시직 공무원으로 취업했는데, 월급은 7천 원 남짓했다. 요즘으로 보면 겨우 차상위계층이 된 것이다.

영숙 씨는 서울에 올라와서도 바로 행상을 시작했다. 품목은 다양했다. 계란, 화장품, 법랑그릇, 자개상 등등. 머리에 이고 다니며 팔 수 있는 거라면 무엇이든 다 팔았다.

영숙 씨는 하나라도 더 팔기 위해 밤에도 방문판매를 하는 게 일상이었다. 남편도 연장근무 수당을 받기 위해 매일 야근에 휴일 근무까지 하니, 애들이 제대로 밥을 못 챙겨 먹어 비썩 말랐다. 남편은 돈을 좀 벌더라도 일찍 들어와 밥을 해먹이라고 했지만, 말을 들을 영숙 씨가 아니었다.

어느 날도 밤늦게 돌아오니, 남편이 화장품 외판 가방을 빼앗아 패대기치며 소리 질렀다.

"장사고 뭐고 다 때려치워! 애들이 먼저지 돈이 먼저냐? 애들이 전부 피골이 상접해 남부끄러워 못 살겠다!"

아무리 박봉이라도 공무원 부인들은 집에서 살림만 하는 게 보통이었지만, 영숙 씨는 그렇게는 살 수 없었다. 바락바락 대들며 싸웠다.

"내가 안 벌면 애들은 어떻게 가르치고, 언제 번듯한 집을 사? 여자가 살림만 해도 될 만큼 벌어오던가!"

한바탕 싸움 끝에 항복하는 건 언제나 남편이었다. 처음 자리 잡았던 봉천동 산꼭대기에서 저지대로 내려와 상도동 주택가에 평수 넓은 번듯한 양옥을 산 것도, 아이들이 돈 걱정 없이 학교에 다니는 것도 영숙 씨의 고생 덕분임을 남편이 가장 잘 알았으니 말이다. 돈 앞에 남존여비가 어디 있고, 체면이 어디 있겠는가? 남자라는 자존심을 내세워 아내를 꺾어보려던 남편의 시도는 매번 패배로 끝났다.

3

행상으로 반생을 보낸 영숙 씨가 처음으로 자기 점포를 차린 것은 1986년 겨울이었다. 단골손님 중에 개소줏집을 하는 이가 몇 년도 안 되어 집을 사는 걸 보고는, 눈칫밥을 먹어가며 어깨너머로 배워 기어이 자기 가게를 차린 것이다.

영숙 씨의 아버지가 그토록 미워하던 박정희가 예고했던 전 국민 마이카시대가 개막되던 초창기였다. 승용차가 없으면 장사하기 어렵다고 판단한 영숙 씨는 무리해서라도 차를 사기로 했다.

우선 운전면허를 땄다. 자가용도 귀한 시절이니, 운전면허를 따서 직접 운전하는 여성은 더욱 희귀한 때였다. 친구들 수십 명 중 면허를 딴 사람은 영숙 씨가 유일했다. 물론 운전면허 따기가 지금보다 한결 쉬웠던 쌍팔년도 이야기다.

면허가 나오자마자 현대자동차 대리점에 가서 차를 구경한 끝에 선택한 것은 '포니'를 개량한 1986년식 흰색 포니 엑셀이었다.

한국 차 최초로 미국에 진출해 인기를 제법 끌고 있다고 했지만, 영숙 씨는 그런 건 알 바 아니었다. 차량 가격표 맨 위의 가장 싼 차, 그중에서도 어떤 옵션도 들어가지 않은 순수한 깡통차를 골랐다.

요즘은 사고 싶어도 살 수 없는 완전 무옵션 깡통차였다. 핸들은 파워스티어링이 장착되지 않은 뻑뻑한 기계식이고, 창문도 손으로 돌려 올리고 내려야 했다. 심지어 에어컨도 달지 않아 겨울을 빼고는 거의 창문을 열고 달려야 했다. 운전석과 뒷문에 달린 재떨이도 옵션이 아니라 기본이었다. 도저히 안 되겠다 싶어서 버스나 트럭처럼 운전석 위에 다는 손바닥 선풍기를 장착했다.

1970년대가 오로지 일만 하던 산업 개발 시대라면, 1980년대는 민주화 시대요, 어느 정도 부가 축적된 1990년대는 건강을 생각하는 건강 시대였다. 대부분 시골에서 농사를 짓다가 빈손으로 서울에 올라와 죽어라 일해 드디어 먹고살 만해진 사람들이 건강을 챙기기 시작한 시기였다.

건강식 바람과 함께 죽염이니 녹즙이니 하는 온갖 상품이 쏟아져 나와 사람들을 현혹했지만, 역시 믿고 먹는 전통의 건강식은 개소주와 흑염소였다. 다른 설명은 필요도 없었다. 개나 흑염소 한 마리를 혼자 다 먹으니 어찌 몸에 안 좋을 수가 있겠는가? 요즘은 보신탕까지 혐오식품이 되어 판매금지 되었지만, 그때만 해도 개소주가 남녀노소와 빈부격차 상관없이 가장 확실한 건강식으로 인기를 끌었다.

큰아들을 월급쟁이로 고용한 영숙 씨의 가게는 매일 24시간 돌아갔다. 개나 염소를 엑기스로 만들려면 커다란 압력솥에 한약과 고기를 넣고 5, 6시간을 끓인 후 식혀서 일회용 봉투에 담아야 했다. 그 과정이 최소 10시간이 걸리니 압력솥이 5개라도 부족했다.

몸이 두 개라도 버티기 힘든 중노동의 나날이었다. 영숙 씨는 가게의 소파에서 쪼그려 자는 날이 더 많았다. 거의 잠을 못 잔 채 개소주를 배달하다가 졸음운전으로 사고가 날 뻔한 적도 여러 번이었다. 아무래도 안 되겠다 싶어 큰아들에게 운전면허를 따게 하고 차를 몰게 했더니, 여기저기 긁히고 문짝을 갈고 난리가 났지만, 한결 살만했다.

하루 서너 시간 겨우 눈을 붙여가며 고생한 만큼 보람도 컸다. 돈이 쏟아진 것이다.

카드 결제 시스템도, 계좌이체도 익숙하지 않던 시절이라 거의 모든 거래가 현찰로 이뤄졌다. 만 원짜리가 쌓여, 일일이 세지도 못하고 검은 비닐봉지에 담아둘 정도였다. 청소하려고 소파 틈새를 뒤지거나 책꽂이를 정리하다 보면, 언제 왜 넣었는지 기억도 나지 않는 지폐들이 튀어나오곤 했다.

몇 해가 지나고 큰아들이 결혼할 때는 작으나마 단독주택까지 사줄 수 있었다.

개소줏집에서 일하는 걸 창피하게 생각하던 큰아들이 결혼과 함께 다른 일을 찾아 나간 후에는 군대에서 제대해 놀고 있던 작은아들과 일하게 되었다.

작은아들 역시 면허만 딴 왕초보였다. 영숙 씨와 큰아들의 운전 실습 차량으로 온갖 상처를 입었던 포니 엑셀의 수난은 다시 시작되었다.

큰아들이 나름대로 공들여 고치고 칠해 놓았던 부분들이 또다시 너덜너덜해지기 시작했다. 엑셀은 범퍼부터 문짝까지 온통 크고 작은 상처투성이가 되었다. 강화플라스틱을 사용하는 요즘과 달리, 당시 승용차는 온통 철판이라 페인트만 벗어지면 붉은 녹이 슬고 구멍이 나 버렸다.

겉은 그래도 속은 아직 쓸만했다. 전자장치가 거의 없는 기계식이라 고장이 잘 나지 않았다. 한참 더 탈 수 있는 자동차를 처분하게 된 것은 돈바람을 맞아 헛바람이 들어간 작은아들이 새 차를 사고 싶어 했기 때문이었다.

영숙 씨로부터 포니 엑셀을 인수해 간 이는 하나뿐인 사위였다.

고졸 아니면 전문학교 중퇴인 아들들과 달리, 딸은 공부를 참 잘했다. 대입 모의고사와 예비고사에서 전국 수십만 명 중 수백 등 아래로 떨어진 적이 없고, 대학도 내내 장학금으로 마쳤다. 사위도 대학을 마칠 때까지 자기 돈 내고 학교를 다녀본 적이 없는 수재였다. 다만 집이 너무 가난해 결혼 비용을 한 푼도 대주지 못했다. 이제 막 강사로 취직이 되었으니 본인이 모아둔 돈도 없었다.

그러나 영숙 씨의 전성시대였다. 사위가 한 푼도 안 가져왔어도 상관하지 않고 자기 돈으로 봉천동 산동네의 방 두 칸짜리 전세방을 얻어주고, 모든 살림살이를 마련해 주었다. 그러나 집을 사주지는 않았다. 작은아들처럼 새 차를 사주지도 않았다. 영숙 씨는 친정에 갈 때마다 아버지가 아들에게만 재산을 물려주었다며 시비를 걸어 집안 분위기를 망치기 일쑤면서도 본인 역시 아들과 딸을 차별하고 있었다. 영숙 씨는 그것이 평생의 한으로 남을지 그때는 몰랐다.

훗날, 작가가 되기를 꿈꾸던 외손녀가 결혼한다고 인사하러 왔을 때, 영숙 씨는 말했다.

"얘야, 결혼하더라도 남자에게 너무 의존하지 말거라. 애를 낳아도 너의 꿈을 절대 버리지 말고. 할머니는 평생 경제적으로 무능하고, 앞뒤가 꽉 막힌 아버지, 남편과는 다르게 살고 싶었다. 꿈도 없고, 가족을 제대로 건사할 능력도 없으면서 큰소리만 치는 무책임한 남자들처럼 살고 싶지는 않았다. 할머니는 많이 배우지도 못했고, 꿈이란 것도 모르고 살았다. 오로지 내 새끼들만큼은 나처럼 고생하지 않고 살게 해줘야겠다는 일념으로 하루하루 뼈가 바스러지도록 일만 했다. 조금도 힘든 줄 몰랐다. 남들이 손가락질하고 무시해도, 남편이 나를 부끄러워해도 조금도 괘념치 않았다. 니들은 많이 배웠고, 많이 알고, 똑똑하니까, 세상에 도움 되는 일 많이 하고 착하게 살아라."

그러고는 벽에 걸린 사진을 한참 쳐다보다가 이어서 말했다.

"아버지가 아들딸 차별하는 게 그렇게도 싫었으면서, 나도 니 엄마에게 제대로 해주지 못한 게 영 가슴에 맺힌다. 외삼촌들에게는 집도 사주고 차도 사주고 해줄 만큼 해줬지만, 니 엄마에게는 손바닥만 한 전세방 하나 달랑 얻어주고 말았다. 그런데도 지금 와서 효도하는 건 니 엄마밖에 없으니 더더욱 미안하구나. 그것도 니 아버지가 갑자기 떠나서야 내가 잘못한 걸 알았으니…… 후회막급이구나."

사위에게 낡아빠진 차를 준 것도 평생 마음에 걸리는 일 중 하나였다. 사위가 암에 걸려 너무 일찍 세상을 떠났기에 더욱 가슴 아프게 기억되었다.

개소줏집을 그만둔 후로 특별한 직업 없이 손자들을 돌보며 살아온 영숙 씨에게는 포니 엑셀을 타던 시절이 인생 최고의 절정기였다. 다시는 오지 못할 행복한 시간이었다.

손자들이 결혼해 아이를 낳으면서 증조할머니가 된 지 오래인 영숙 씨의 방에는 하얀색 포니 엑셀 앞에 젊은 시절의 아들들과 사위가 나란히 서서 찍은 사진 한 장이 붙어있다. 사위에게 차를 넘겨주던 바로 그날이다. 디지털카메라가 보급되지 않아 필름을 쓰던 시절이라 그게 유일한 추억의 사진이다.

폐차해도 좋을, 똥차를 받아 가면서도 얼마나 기분이 좋았던지, 사진 속의 사위는 이를 드러내며 환하게 웃고 있었다. 그러나 이제는 볼 수 없게 된 사위다. 이 좋은 세상을 두고 장모보다 먼저 떠나버린 사위를 생각할 때마다 눈물이 나게 하는 가슴 아픈 사진이다.

영숙 씨가 사진을 볼 때마다 눈물을 지으니 남편이 청승맞다며 떼려 했지만, 절대 안 된다고 고집을 부렸다. 자식처럼 아끼고 사랑했던 사위의 추억을 누구도 손대지 못하게 했다.

포니 엑셀

"멋이라면 포니 엑셀!"

**마이카 시대의 주역이자
미국 시장에 수출된 최초의 한국차**

1985년에 등장한 포니 엑셀은 한국 자동차 산업의 꿈과 도전이 응축된 작품이었습니다. 국내 최초의 전륜구동 모델로 태어나, 당시 현대자동차가 세계 시장을 겨냥해 개발한 야심작이었죠. 당시 자동차 보급률이 낮던 한국에 등장한 포니 엑셀은 합리적 가격과 현대적 디자인을 앞세워 중산층의 첫 차 구매의 꿈을 실현한 차량이었으며, 진정한 '마이카시대'를 열었다는 평가를 받습니다.

특히 미국 시장 진출이라는 역사적 성과를 이뤄냈죠. '합리적 가격의 아시아차'라는 이미지를 구축해 판매 첫해에만 16만 대가 팔려나가며 세계에 한국 차의 가능성을 알렸습니다. 다만 시간이 지나면서 품질 문제와 내구성 부족이 드러났고, '값싸지만 믿을 수 없는 차'라는 인식이 생기며 이러한 이미지 개선을 위해 수십 년간 부단한 노력이 필요했습니다.

제네시스 G80

당신과 늘
함께합니다

"얘야, 정 서방이 갑자기 어린애가 된 거 같구나."

오랜만에 걸려 온 어머니의 전화에 윤 씨는 무슨 일인가 했다.

"왜요?"
"니 동생한테 새 차를 사달라고 매일 노래를 부른단다."
"봉고차 탄 지가 20년이 됐으니, 차 바꿀 때가 됐지요."
"사달라는 차가 6천만 원이 넘으니 문제지. 제네인가 뭔가 아주 고급차란다."
"제네시스 말하나 보네요. 근데 걔네가 그 큰돈이 어딨어요?"
"이번에 니 동생이 선생 그만두고 명예퇴직하기로 했잖니? 그 퇴직금으로 사달라고 보챈댄다. 검소하던 정 서방이 갑자기 왜 이러는지 모르겠구나."

하나뿐인 사위를 두 아들보다 더 믿고 좋아하는 어머니였다. 사위 흉을 보는 건 처음이었다. 윤 씨는 금방 무슨 일인가 알 수 있었다. 정 서방이 암에 걸려 수술했다는 사실을 어머니는 모르고 있었다. 어머니가 걱정할까 봐 비밀에 부쳤기 때문이었다.

"어머니, 괜한 걱정 말고 새 차 사주라고 해요. 평생 똥차만 타고 다녔잖아요. 정 서방도 좋은 차 한 번 몰아봐야지요."

죽을 고비를 넘긴 사람들이 흔히 그렇듯, 정 서방도 평생 가족과 집안을 위해 살아왔으니, 한 번쯤은 자기 자신만을 위해 살아보자는 생각이 들었으리라 짐작되었다. 여동생에게 전화해보니 사실이었다.

"우리 엄마 정말 극성이다. 오빠, 사실은 정 서방이 보채는 게 아니야. 내가 새 차를 사주고 싶어. 오빠, 정 서방 그동안 고생 많았잖아. 다 썩어 털털대는 봉고차 끌고 출근하는 교수가 어딨어? 더군다나 이번에 죽다 살아났으니 내가 꼭 새 차를 사주고 싶어서 그래."

이렇게 해서 사게 된 차가 제네시스 G80이었다. 정 서방이 멋지고 세련된 검정색 G80을 끌고 놀러온 날, 윤 씨는 막걸리를 사서 네 바퀴에 뿌리며 축원해 주었다.

1

　남편이 낡은 포니 엑셀을 끌고 오던 날, 현주는 어떻게 자기감정을 표현해야 하나 잠시 고민했다. 남편은 잠을 자다가 술 취한 아버지가 사 온 장난감을 받은 소년처럼 좋아했다.

　"어때? 차 아직 쓸만하지?"

　네 바퀴 주변의 철판이 녹이 슬어 부스러져 나갔고, 보닛과 앞문은 다른 부분과 색이 살짝 달라 사고가 나서 중고로 교체한 티가 팍팍 났다. 앞뒤 범퍼에 난 충돌 자국은 은색 테이프로 붙여 놓았다. 그래도 남편은 자신의 생애 첫 차를 그리 좋아할 수 없었다.
　현주는 마지못해 대답해줄 수밖에 없었다.

　"이 차로 운전 연습 많이 한 다음에 새 차 사면 되겠네요."

　현주는 착한 여자였다.
　엄마가 큰오빠에게는 집을 사주면서 자신에게는 전세방밖에 해주지 않았지만 서운해하지 않았다. 작은오빠에게 새 차를 사주고 나중에는 살던 집을 물려주었으면서, 사위에게는 낡은 포니 엑셀 하나 준 게 전부인 데도 서운해하지 않았다. 교사로 취직한 지 얼마 안 되어 결혼하는 바람에, 가게에 매달려 온종일 고생하는 엄마에게 혼수 부담까지 준 게 미안할 뿐이었다.

남편도 소탈한 사람이었다. 작은 키에 통통한 체구, 타고나기를 시커먼 피부에 커다란 목소리, 시도 때도 없이 폭발하는 웃음소리만 보아서는 도무지 대학교수 같지 않은 사람이었다. 본격적으로 마이카시대가 시작된 1990년대였다. 거리에 쏟아져 나오는 온갖 신차들 사이로 털털대는 고물차를 몰고 다니면서도 당당히 말하곤 했다.

"포니가 어때서? 자존감 없는 사람들이나 허세 부리느라고 비싼 차 몰고 다니는 거야. 진짜 부자들은 동대문시장 덤핑 옷에 슬리퍼 신고 다녀도 당당하다구."

현주는 그때마다 피식대며 놀렸다.

"뭐야, 우리가 부자라서 똥차를 탄다는 말예요? 말도 안 되는 소리 하지 말고, 제발 탁자 밑에 자동차 팸플릿이나 쌓아두지 마요. 사지도 못할 차를 뭐 하러 그리 열심히 봐요?"

신차만 나오면 대리점에서 팸플릿을 가져와 너덜너덜해지도록 들여다보는 게 남편의 취미였다. 현대, 기아, 대우, 쌍용 4개 자동차회사에서 해마다 십여 대의 신차를 출시하니, 팸플릿은 거실 탁자 밑에다 쌓지 못할 정도였다. 현주가 투덜대도 남편은 자동차 팸플릿들을 치우지 못하게 했다.

"언젠가 새 차 살 때를 대비해 자동차에 관한 정보를 모아두는 거야. 연비가 어떤지, 어떤 옵션이 새로 나왔는지 알아야 실수를 안 하지."

"아이고, 누가 교수님 아니랄까 봐, 꼼꼼도 하셔."

교수 남편에, 교사 아내가 맞벌이하니 중형차 정도는 금방 살 것 같았는데 그게 참 어려웠다. 이과 쪽 공부는 잘해도 문과 쪽으로는 고루한 재래식 남자인 남편이 자기 제사를 지내 줄 아들을 원하는 바람에 딸만 넷을 낳다 보니 더 힘들었다. 네 딸의 교육이 우선이요 번듯한 아파트를 사는 게 다음이니 좀처럼 자동차 차례는 오지 않았다.

드디어 새 차를 산 것은 밀레니엄이 오기 직전인 1999년이었다. 13년간 엄마와 세 남자의 운전 연습용으로 정들었던 포니는 폐차장으로 보내져 한 덩이 쇠뭉치로 돌아갔다.

할부를 잔뜩 끼고 산 새 차는 남편이 선망하던 중형 승용차는 아니었다. 봉고 같은 승합차 차종의 하나인 현대 스타렉스였다. 학원차 아니면 화물차로나 쓰는 9인승 스타렉스를 산 것은 식구가 6명이니 5인승 승용차로는 다닐 수 없어서였다.

스타렉스는 여섯 식구만을 위한 차가 아니었다. 남편은 못 말리는 효자였다. 자기 부모보다 더 극진히 장인, 장모를 모셨다.

서울에서 밀려나 지방대로 내려간 후에도 장인, 장모의 생일이나 처가의 친인척 행사 때면 꼭 스타렉스를 몰고 가 어른들을 태우고 다녔다. 휴가 때면 여섯 식구에 처가 식구들까지 좌석을 꽉 채우고 강릉 경포대니, 안면도 꽃지해수욕장까지 먼 길 운전을 도맡았다. 처남들의 생일마다 카톡으로 선물을 보내고, 처가 식구들이 놀러 오면 무리해서라도 값비싼 한정식집으로 데려가 대접했다.

현주도 돈에 연연하는 성격이 아니어서 남편이 시댁과 친정에 지나치게 돈을 써도 타박하지 않았다. 네 딸을 키워 결혼시키고, 양가의 기둥 역할까지 하다 보니, 맞벌이하면서도 값싼 지방 아파트 한 채가 전 재산이었지만, 늘 말했다.

"이만하면 잘 사는 거지 뭐. 악착같이 돈 모아서 자식들한테 나눠 준다고 해서, 애들이 행복해질 거 같아? 돈은 살아생전 필요한 데 써야지, 죽은 다음에 남겨서 뭐 해."

현주 부부에게 문제가 없던 건 아니었다. 술이었다. 사교성이 좋은 남편은 갈수록 술이 늘었고, 술에 취하면 정신을 놓았다. 자정이 넘어서 만취해 들어오다가 아파트 화단에 쓰러져 잠든 적이 한두 번이 아니었다. 잠든 딸들을 깨워 그 우렁우렁한 목소리로 일장 훈시를 해서 질색하게 만드는 일은 헤아릴 수도 없었다.

현주는 남편이 밤 9시가 넘어도 안 들어오면 '또 술을 마시는구나' 생각하며 가슴이 울렁거렸고, 12시가 넘어도 안 들어오면 남편이 무리해서 집에 올까 봐 울렁거렸다. 차라리 밖에서 자고 오기를 바랐는데, 가정밖에 모르는 남편은 반드시 돌아왔다.

술을 좋아해도 자기 할 일에는 꼼꼼했던 남편은 전임교수가 되고 학과장이 되었지만, 차를 바꾸지는 못했다. 스타렉스는 무려 20년이나 현주 가족의 발이 되어주었다. 긴 세월 고생한 스타렉스는 여기저기 녹슬고 문짝은 삐그덕거리고, 하부에서는 덜렁대는 소리가 나는 늙은 차가 되었고, 부부도 스타렉스와 함께 늙어갔다.

2020년대가 가까워지니 2대 이상의 승용차를 보유한 가정이 대부분이고, 자가용 몰고 등교하는 대학생은 관심거리도 못 되었다. 대학마다 주차난에 시달렸는데, 대부분 중형급 이상의 고급 승용차 아니면 비싼 SUV였다. 언제 견인차를 불러야 할지 모를 낡아빠진 승합차를 타고 출퇴근하는 사람은 남편 하나뿐이었다. 아마도 전국의 대학 교수를 통틀어도 유일한 사람일 것이었다.

동료 교수들은 놀리곤 했다.

"자네 '세상에 이런 일이'에 출현해 볼 생각 없어? 내가 방송국에 추천해 줄까?"

남편은 허허 웃으며 답했다.

"새 차 한 대 뽑아주면 내 얼른 출연하지."

남편의 새 차에 대한 관심은 스타렉스가 고장 나는 횟수에 비례해 커졌다. 현주는 남편의 소망을 잘 알고 있었지만, 쉽게 결정을 내리지 못했다. 딸들의 학자금대출이 아직 많이 남아 있었다. 딸들은 빚쟁이로 사회생활을 시작하는데, 비싼 차에 돈을 쓰고 싶지 않았다.

게다가 남편이 사고 싶어 하는 차는 쏘나타나 그랜저가 아니라 기본형 가격만 6천만 원이 넘는 제네시스였다. 처음 얘기를 들었을 때 현주는 왈칵 화를 냈다.

"미쳤어요? 우리한테 왜 그런 고급차가 필요해요?"
"이번에 사면 내 생애 마지막 차잖아. 나도 한번 좋은 차 타보고 죽자."
"안 돼요, 안 돼!"

현주가 매섭게 거절하니 남편도 더 애원하지 못했다. 그러나 현주는 그 해가 가기 전에 남편에게 제네시스를 사줄 수밖에 없었다. 남편이 전립선암에 걸렸기 때문이었다.

일단 간단한 수술로 완치되기는 했으나, 갓 60을 넘긴 부부에게 암 선고는 큰 충격이었다. 전립선암 수술을 계기로 부부는 삶에 변화를 주기로 했다. 그렇지 않아도 안하무인이 된 요즘 아이들을 가르치기에 지쳐있던 현주가 명예퇴직하면서 받은 위로금으로 7천만 원 넘는 제네시스 G80을 사주었다.

2

　난생처음 몰아보는 고급 승용차에 신이 난 남편은 주말마다 차를 몰고 바다로 절로 놀러 다녔다. 술을 빼고는 단점이라곤 없던 남편이었다. 암에 걸린 후 술을 끊으니 집안도 평화로워졌다. 그러나 기쁨은 오래가지 못했다. 얼마 못 가 전립선암이 재발한 것이다.

　불과 10여 년 전만 해도 암 진단은 곧 죽음의 선고였는데, 이제는 대부분의 암이 수술로 치료되는 시대였다. 암이 재발했다지만, 즉시 수술로 제거하면 살 수 있었다. 그런데 남편은 수술을 거부했다. 지난번 수술은 겉으로는 표가 나지 않았으나, 이번에는 요도를 도려내야 해서 비닐 오줌보를 허리에 차고 다녀야 했기 때문이었다.

　"오줌보 차고 어떻게 강의를 해? 수술 안 하고 치료하는 민간요법을 알아볼 테니, 기다려봐."

　남편은 언제 암이 퍼질지 모르는 마당에 강의만 걱정했다. 남편은 잠시라도 쉬면, 잠시라도 게으름을 피우면, 누군가 자기 자리를 차지할 거라는 강박관념 속에 살아온 베이비붐 세대의 한 명이었다. 미친 듯이 공부하고, 미친 듯이 경쟁하고, 미친 듯이 술을 마시며 살아온 불쌍한 베이비부머들 중 한 명이었다.

　"암세포가 전이되면 어떻게 해요? 고집 피우지 말고 수술받아요,

제발!"

현주가 민간요법을 믿었다가 실패한 사례들을 들며 애원했지만, 소용없었다. 남편은 초등학교 때부터 대학 졸업까지 1등을 놓쳐본 적이 없는 사람이었다. 자기가 세상에서 제일 똑똑하니, 자기 생각이 모두 옳다고 착각했다. 남편은 현주 역시 학창 시절 내내 1등만 했다는 사실을 잊어버린 것 같았다.

남편은 민족의학이니 대체의학을 자처하는 이들을 찾아다니기 시작했다. 현주가 보기에 민간의학이란 건 전문적 의학지식이 없는 사람들이 과학적인 임상실험도 거치지 않고, 제멋대로 추측해 만든 엉터리 치료법이 대부분이었다. 풍욕이니 소금이니 녹즙 같은 걸로 암을 치료할 수 있다는 황당한 주장으로 돈을 버는, 자기 확신에 빠진 사기꾼이라고 생각했다. 그러나 오로지 강단에 돌아가고 싶다는 남편의 열망은 스스로 눈을 가리고 이성을 마비시켰다.

남편은 수술을 거부하고 온갖 대체의학 전문가란 사람들에게 돈을 퍼부어 댔다. 고기류는 일절 거부한 채 풀만 먹기 시작했고, 쌀밥 대신 껍질도 안 까고 볶은 곡식을 먹었다. 암에 걸린 피를 빼내고 건강한 피를 주입하면 암이 치료된다는 말도 안 되는 꼬임에 넘어가, 한 번에 5백만 원씩 내고 몇 번이나 온몸의 피를 바꾸기까지 했다. 엄청난 통증이 수반되는 일이었음에도 이를 악물고 참았다. 민족의학자를 자처하는 사람의 단식원에 고액을 주고 들어가 열흘간 물만 먹다 나오기도 했다.

그러는 사이, 남편의 몸은 극도로 약해졌다. 현주가 보다 못해 반강제로 종합병원에 끌고 가 검사해 보니, 암이 이미 여러 장기에 전이되어 있었다. 불과 두세 달 만에 온몸이 엉망진창이 되어 있었다.

의사는 남편을 앉혀 놓고 솔직히 말했다.

"길어야 반년, 짧으면 한두 달 남았습니다."

이미 죽은 거나 다름없이 핼쑥해진 남편은 그래도 희망을 놓지 않으려 했다. 황달에 걸려 노랗게 되어 버린 눈으로 의사를 바라보며 간절히 물었다.

"지금이라도 수술하면 안 됩니까? 부탁합니다."
"이제는 암세포가 너무 많이 번져 수술은 불가능합니다. 마음의 준비를 하세요. 우선은 진통제를 충분히 처방해 드리겠습니다. 너무 고통스러우면 입원하시고요. 입원하더라도 치료는 불가능하고, 진통제로 통증을 완화하는 것뿐임을 아시고요."

현주는 수술할 수 있는 기회를 엉터리 민간의학으로 날려버린 남편이 원망스러웠지만, 사망선고를 받은 사람에게 후회라는 고통까지 안겨주고 싶지는 않았다.

현주가 운전하는 G80을 타고 병원에서 돌아오는 내내 부부는 아무 말도 하지 않았다. 아무 말도 할 수가 없었다. 거리는 5월의 햇살로 눈부셨지만, 아무것도 눈에 들어오지 않았다.

다음날 아침 현주가 소고기를 갈아 넣어 야채죽을 끓였으나, 남편은 세 수저밖에 먹지 않았다.

"왜 안 먹어요? 뭐라도 먹어야 약을 먹지요."

남편은 엉뚱한 말을 꺼냈다.

"여보, 나 좀 어디 데려다줄래?"
"어디요?"
"부안 마실길에 샤스타데이지가 한창이라네. 요즘 인스타에 사진이 계속 올라오는데, 운전을 못 하니 혼자 갈 수가 없네."

전라북도 부안군 마실길의 데이지 꽃밭은 현주도 아는 곳이었다. 교사로 일할 때 여선생 모임에서 두어 번 가본 적이 있었다. 드넓은 서해바다가 내려다보이는 새하얀 꽃밭이 아름다운 곳이었다.

"오늘 가자구요?"
"그래, 지금. 내겐 시간이 없잖아."
"알았어요, 바로 출발해요."

남편은 모처럼의 여행에 마음이 들뜬 것 같았다. 어제 받은 사망선고를 잊어버린 듯, 고속도로를 달리는 내내 떠들어댔다. 소변이 나오지를 않아 휴게소마다 십 분씩 화장실에 앉아 고통으로 신음하다 오면서도 암 같은 건 다 나았다는 듯, 앞으로 30년은 더 살 사람처럼, 대학에 입학해 생활비를 벌려고 고생했던 이야기며, 혼자 미국에 교환교수로 갔을 때 벌어진 에피소드까지, 끊임없이 수다를 떨었다. 마치 연애 시절로 돌아간 기분이었다.

지평선 너머까지 끝이 안 보이게 펼쳐진 새만금 간척지를 지나 부안군에 접어들자, 마실길이 시작되었다. 샤스타데이지 군락지가 있는 곳을 찾기는 어렵지 않았으나, 주차장에서 그곳까지 가려면 굽이치는 산길로 꽤 걸어야 했다.

"산길이라 힘든데, 갈 수 있겠어요?"
남편은 의지를 꺾지 않았다.
"내 걱정 말고 당신 먼저 가. 천천히 따라갈 테니."

몇 발짝 앞서 걸으며 잘 따라오는지 돌아보고 또 돌아보았다. 나중에는 안 되겠다 싶어, 손을 잡고 남편의 속도에 맞춰 함께 걸었다. 데이지 군락지는 좀처럼 모습을 드러내지 않았다. 저 모퉁이만 돌면 나오겠지, 하고 돌아가면 또 숲이었다. 진통제를 정량의 두 배나 먹은 남편은 온몸이 땀에 범벅이 되어 느릿느릿 걸어 올랐지만, 수시로 걸음을 멈추고 숨을 골라야 했다.

하염없이 느린 걸음으로 20분쯤 올랐을까, 드디어 도착한 언덕바지에는 새하얀 데이지꽃이 흐드러지게 피었고, 아래로는 드넓은 바다와 작은 섬들이 아득히 펼쳐져 있었다.

섬들 사이로 달리는 작은 어선들이 만들어내는 긴 삼각뿔 모양의 물결도 아름다운 봄날이었다.

남편은 막상 데이지 언덕에 도착하니 입을 다물었다. 곧 죽음을 맞이하는 사람에게는 행복했던 지난날들을 회상하는 것도, 다가올 미래를 이야기하는 것도, 다 고통일 것이었다. 모든 이야기는 산 사람을 위한 것이다. 눈부시게 하얀 데이지 언덕 위에서 아내와 남편은 아무 이야기도 하지 않았다. 눈앞에 펼쳐진 꽃과 바다와 하늘을 하염없이 바라보기만 했다.

주차장으로 돌아온 남편은 차 문을 잡은 채 거친 숨을 고르며 잠시 서 있었다. 현주는 운전석에 타려다 말고 남편에게 다가가 뒤에서 말없이 안아주었다.

남편은 한 달을 못 넘기고 세상을 떠났다. 2023년 늦봄이었다. 지난 수십 년을 통틀어 친정과 시댁 양가에서 일어난 가장 슬픈 사건이었다.

3

남편이 세상을 떠난 후, 현주는 몇 달이나 아파트 지하주차장에 들어가지 못했다. 어두침침한 구석에 주인을 잃고 서 있는 검은색

G80을 볼 때마다 가슴이 답답해져서였다. 남편이 말한 대로 본인 생애 마지막 차가 되어 버린 G80이 몇 달째 방치되어 하얗게 먼지를 뒤집어쓰도록 시동 한번 켜보지 않았다. 마치 자신들에게 어울리지 않은 그 차가 남편을 데려간 것만 같았다.

아침에 일어나 거실 베란다를 활짝 여니, 시원한 가을바람이 밀고 들어왔다. 꽉 닫혔던 가슴에도 시원한 바람이 들어오는 것 같았다.

문득, 남편과의 마지막 추억이 깃든 마실길에 다시 가고 싶었다. 그곳에 가서 아픈 기억을 다 털어버리고 싶었다.

지하주차장에 내려가 보았다. 놀랍게도 G80은 깔끔하게 세차가 되어 있었다. 배터리도 완충되어 시동도 잘 걸렸다. 지난 일요일에 큰딸 내외가 집에 왔었는데, 사위가 현주에게는 말도 없이 세차를 하고, 방전된 배터리를 살려놓은 것이다.

이른 점심을 먹은 현주는 가까이 사는 딸들을 불러 함께 마실길로 향했다. 몇 달 전 남편과 함께 한 길이었는데, 이제는 딸들과 함께였다. 운전하는 내내 남편이 곁에 앉아 지켜보는 기분이었다.

주차장에 차를 세워두고 굽이굽이 산길을 걸어 도착한 바닷가 절벽에는 샤스타데이지 대신 새하얀 들국화가 흐드러지게 피어 있었다. 하늘도 바다도 섬도 봄날과 똑같았다. 서쪽으로 기울어가는 태양이 뿌리는 바다의 윤슬이 아름다운 오후였다. 전망대 데크에는 아무도 없었다. 현주가 난간을 잡고 서서 바다를 내려다보는데, 등 뒤에서 다시 남편의 다정한 말소리가 들려오는 것 같았다. 무어라고 말하는지는 알 수 없었다. 남편의 영혼이 자신을 따뜻하게 감싸주는 것 같았다. 눈물이 핑 돌았다. 그렇게 현주는 그날처럼 하염없이 바다를 바라보았다.

"엄마! 바다가 너무너무 아름답다!"

핸드폰으로 사진을 찍느라 늦게 올라온 딸들이 감탄사를 터뜨렸다. 그날에는 없었던 딸들의 낭랑한 웃음소리가 들국화 꽃밭으로 퍼져 나갔다.

"엄마! 우는 거야?"

현주는 얼른 고개를 돌렸다.
그러자 큰딸이 양손을 벌려 엄마를 등 뒤에서 꼭 안아주었다.
한참이나 꼭 끌어안고 아무 말도 하지 않았다.
한결 가벼워진 마음으로 발길을 돌려 내려오는데, 흙길 옆에 쓰러져 있는 들국화 한 송이가 눈에 들어왔다. 행인에게 짓밟혀 대가 꺾였으나, 죽지 않고 살아남아 새로운 꽃봉오리를 키워내고 있었다. 현주는 그 자리에 쪼그려 앉아 들국화를 바로 세워주고, 흙을 끌어모아 다독여주었다. 그리고 더 가벼운 기분이 되어 한 발, 한 발, 천천히 산길을 내려갔다.

제네시스 G80 3세대

"특별함을 아는 당신에게"

요즘 어떻게 지내냐는 친구의 말에
G80으로 답했습니다.

제네시스 G80은 세련된 디자인과 혁신적인 기술을 결합한 제네시스의 프리미엄 모델입니다. 우아한 외관과 최첨단 기능을 통해 편안함과 성능을 동시에 제공하며, 고급차 시장에서 국산차 유일의 프리미엄 브랜드인 제네시스의 정체성을 확립하는 중요한 역할을 하고 있죠. G80은 '시선이 머무는 순간' 같은 슬로건으로 브랜드의 정체성을 표현합니다. 이는 단순히 차를 소유하는 것이 아니라, 삶의 순간순간을 더욱 의미 있게 만든다는 메시지를 전달합니다.

올 뉴 카니발

술이 웬수지

정년을 3년 남겨두고 명예퇴직을 했다.

퇴직을 권유받긴 했지만, 평생 은행에서 일해온 상준은 차라리 홀가분한 기분이었다. 같은 은행에서 근무하다가 큰애가 고등학교에 진학하면서 먼저 퇴사한 아내는 그동안 수고 많았다며 조용히 안아주었다.

실업자가 되고 나서 서너 달은 여유로운 생활을 즐겼다. 아내와 함께 스페인 여행도 다녀오고, 퇴직자들이 그렇게 많이 몰린다는 북한산에도 자주 올랐다. 자전거를 한 대 장만해서 한강 일주도 하며 호젓한 시간을 즐기기도 했다. 악기 하나쯤 다룰 수 있으면 좋겠다는 생각에 기타동호회에 가입도 했고.

그러나 차츰 모든 일이 귀찮아지기 시작하더니 집에 붙박이는 시간이 많아졌다. 아내는 브런치 모임, 커피 모임, 운동 모임 등으로 바빠서, 온종일 집에 혼자 있곤 했다. 아직 몸과 마음이 너무나 젊게 느껴지는데, 평생 성실하게 살아왔는데……. 그러나 은행 일 말고는 아무것도 할 줄 아는 게 없다는 자괴감에 상준은 자신이 너무나 초라하게 느껴졌다.

평균수명은 훨씬 길어지다 못해 초고령사회로 진입했는데, 정년은 과거에 머물러 있거나 짧아졌다. 모두가 부러워하는 기업에 다니는 사람들도 부장이 되면 하루하루 불안해했고, 명퇴는 일상어가 되어버렸다. 상준 역시 명퇴가 남의 일이 아닐지도 모른다고 생각은 했지만, 막상 조직에서 버림을 받게 되자 열심히 살아온 지난 세월이 허무하게만 느껴졌다. 무엇보다 자신이 너무 젊었다. 예전에는 나이 육십이면 노인 대접을 받는 게 당연한 일이었고, 그 나이에 못 미쳐 죽는 사람이 많아서 다들 환갑잔치를 했다.

그러나 요즘 육십은 젊은이 못지않게 활력이 넘쳤고, 자연스레 환갑잔치를 하는 사람들도 없어져 버렸다. 칠순 잔치하는 사람들도 드물어져서, 가족들과 기념 여행을 가거나 근사한 식당에서 식사만 하는 일이 흔한 풍경이 되어버렸다.

상준이 젊었을 때만 해도 칠순을 넘긴 이의 장례식장에 가면 상주에게 대놓고 호상이라고 위로하는 게 자연스러운 일이었지만, 지금은 팔순 중반을 넘긴 친구 부모님의 장례식장에 가면 너무 아까운 나이에 가셨다고 진심으로 위로하는 시대가 되었다.

그런 시대에 육십이 되기도 전에 명퇴를 당하고 나니, 이제 쓸모없는 사람이 되어버린 건가 하는 우울감에 상준은 하루하루가 괴로웠다. 물론 명퇴하고 나서 쿠팡맨이 되거나, 스쿠터를 장만해 라이더로 열심히 사는 이들도 많다. 하지만 상준은 뭔가 좀 더 근사한 일자리가 있을지도 모른다는 희망의 끈을 놓고 싶지 않았다.

그렇게 집돌이 삼식이로 무기력하게 시간을 축내던 어느 날, 함께 일했던 후배들이 안부 전화를 하고, 상준이 사는 신도시로 찾아왔다. 너무나 반가운 마음에 그들을 차에 태우고 호수공원 대로변에 있는 한우전문점으로 향했다. 긴 세월 함께 일해왔던 동료들을 오랜만에 만난 탓일까, 술은 달았고 상준은 쉬 취기를 느꼈다.

다음날 잠에서 깼을 때 전날의 기억이 가물가물했다. 한우전문점에서 계산한 것까지는 어렴풋이 기억나는데, 그 이후의 기억은 말끔히 지워지고 없었다. 오전 내내 숙취에 시달리다가 점심때가 다 되어서야 겨우 아내가 끓여준 콩나물국으로 해장하는데, 그런 상준의 모습을 물끄러미 쳐다보던 아내가 가볍게 한숨을 내쉬었다. 괜히 눈치가 보인 상준은 슬그머니 옷을 갈아입고 아파트 지하주차장으로 내려갔다. 그런데 어라, 마땅히 떡하니 한 자리 차지하고 있어야 할 카니발이 보이지 않았다. 스마트키를 눌러봐도 아무런 신호음도 들리지 않았다. 혹시 지상주차장에 있나 올라가 봤지만, 그곳에도 차는 없었다.

상준은 아마도 식당에 차를 놓고 온 모양이라고 생각하며 택시를 불렀다. 그러나 고깃집 주차장에서도 차는 눈에 띄지 않았다. 낯익은 주차요원에게 다가가서 차의 행방에 대해 조심스럽게 물어보았더니, 일행들이 대리운전을 불러서 잔뜩 취한 그를 뒷좌석에 태워 보냈다며 어깨를 으쓱해 보였다.

순간 눈앞이 아뜩해졌다.

결국 상준은 창피함을 무릅쓰고 입 무거운 후배에게 전화를 걸었고, 복잡한 과정을 거쳐 대리기사와 간신히 통화할 수 있게 되었다. 그런데 대리기사는 매우 귀찮아하는 목소리로 상준이 모 노래방 앞에 내려달라고 해서 내려주었고, 그 뒤로는 자기도 모르겠다며 전화를 뚝 끊어버렸다.

상준은 비로소 자신이 만취한 상태에서 운전했다는 사실을 직감했다.

노래방 사장은 그가 혼자서 한 시간은 좋이 캔맥주를 마셔가며 노래하고 나간 건 맞지만, 차 얘기는 당최 모르겠다고 고개를 가로저었다.

그날부터 상준은 아침부터 저녁까지 자전거를 타고 검은색 카니발을 찾아서 운정지구를 샅샅이 휘젓고 다녔다. 하지만 차는 끝끝내 나타나지 않았고, 사흘이 지났을 때는 거의 자포자기하는 심정이 되었다.

나흘째 되던 날 아내는 마트에 가자며 혼곤히 낮잠을 자고 있던 상준을 깨웠다. 그가 멍한 표정으로 우물쭈물 머리만 벅벅 긁고 있자 아내는 버럭 언성을 높였다.

"뭐해, 마트에 가자니까?"

할 수 없이 차를 잃어버리게 된 사연을 털어놓자, 아내는 사납게 노려보면서 소리를 질렀다.

"만약에 사람이라도 쳤으면 어떡할 거야? 뺑소니범으로 구속이라도 되면 어떡할 거냐고? 도대체 당신, 왜 그래? 은행 관두고 허구한 날 집에만 있더니, 어쩌다 나가서는 기억도 못 할 정도로 고주망태가 돼서 음주운전이나 하고? 앞으로 그 사람들 다시는 오지 말라고 해. 정말 하다 하다 별짓을 다 한다. 당장 다음 주에 애들하고 동해로 여행 가기로 한 건 어떡할 거야? 당장 나가서 차 찾아와. 만약에 못 찾으면 집에 들어올 생각도 하지 마!"

입이 백 개라도 할 말이 없었다.

상준은 이십여 년 전, 음주 운전으로 딱 한 번 사고를 친 이후로 지금까지 단 한 번도 술을 입에 대고 운전대를 잡아본 적이 없다.

그가 처음 운전대를 잡은 것은 이십 대 중반에 은행에 취직한 후였다. 대중교통을 이용해서 출퇴근할 수도 있었으나, 막 사내 연애를 시작한 터라 자신보다 직급이 높은 여자 친구에게 잘 보이고 싶은 마음에 큰맘을 먹고 새 차 같은 중고 엘란트라를 장만했다.

지금도 상준은 엘란트라가 자신이 결혼하는 데 적잖은 기여를 했다고 생각한다. 당시만 해도 자기 차를 가진 직장인이 많지 않던 시절이었다. 남들은 주말에 인기 많은 청평이나 가평을 가려면 청량리역이나 상봉시외터미널에서 기차나 버스를 타고 두 세 시간 덜컹덜컹 가야 했지만, 상준은 언제든 여자 친구를 옆자리에 태우고 마음 내키는 대로 훌쩍 떠나면 그만이었다. 엘란트라를 타고 여행을 다니면 쾌적한 화장실을 이용할 수 있다는 장점도 있었다.

당시의 버스터미널 화장실은 헛구역질이 날 정도로 지저분하기 짝이 없었다. 바닥이 지저분한 것은 말할 것 없고, 밑을 닦은 휴지가 휴지통 밖으로 넘쳐서 쳐다보기에도 여간 고약한 게 아니었다. 그런데 자차를 몰았던 그들은 볼일이 급하면 레스토랑에서 커피를 마셨다.

그렇게 상준은 결혼하기 전 사 년 동안 여자 친구와 꽤 많은 여행을 다녔고, 마침내 결혼에 골인하게 되었다.

결혼한 이듬해에 임신한 아내의 배가 눈에 띄게 불러올 무렵 삼풍백화점이 무너지는 사고가 일어났다. 도무지 현실로 믿기지 않는 비극 앞에서 온 나라가 어수선한 가운데 상준은 운전하면서 서태지와 아이들의 「시대유감」을 자주 틀었다.

어쨌건 아내의 배는 자꾸 불러오는데, 안전불감증을 강도 높게 비판하던 시대 분위기 탓인지 주행거리 이십만 킬로미터를 훌쩍 넘긴 엘란트라가 자꾸만 말썽을 부렸다. 단골 카센터 사장은 상준을 보기만 하면 이제 그만 폐차하라며 빙그레 웃곤 했는데, 첫정을 떼기가 쉽지 않았다. 하지만 언제 멈출지 모르는 승용차 조수석에 하냥 만삭의 아내를 태우고 다닐 수도 없는 노릇이어서, 엘란트라를 폐차하고 풀옵션을 갖춘 신형 쏘나타를 뽑았다. 다달이 빠져나가는 할부금이 살짝 부담은 됐지만, 새 중형차를 뽑았다는 희열 앞에서는 까짓 아무래도 좋았다. "어휴, 똥차!" 해가며 툴툴댔던 아내도 상준 못지않게 기뻐했다.

그런데 아내가 친정에서 산후조리를 하고 있을 때 사달이 났다.

불타는 금요일을 즐기러 상준은 친구 몇을 집으로 불러들였다. 술이 어느 정도 불콰해지자 한 친구가 연말인데 양주 없냐고 장난스레 호통을 쳤고, 상준은 까짓 마누라도 없는데 제대로 놀아보자고 호기를 부린 뒤 아파트 단지의 슈퍼로 향했다. 그때 슈퍼마켓 진열대에 놓인 가장 비싼 양주가 국산 오비씨그램의 패스포트였다. 집주인이랍시고 땅땅 큰소리까지 친 마당에 국산 양주를 살 수도 없고, 그는 아파트 단지에서 멀지 않은 곳에 새로 생긴 가자주류를 떠올렸다. 그런데 걷자니 멀고 택시를 타자니 애매했다. 게다가 자신의 상태가 꽤 괜찮게 느껴졌다.

상준은 망설이지 않고 쏘나타의 시동을 걸었다. 당시는 음주 운전을 하며 2차, 3차 술을 마시는 일이 드물지 않던 시대였다. 때로 음주단속을 했지만, 단속에 걸려도 깜냥껏 돈푼이나 찔러주면 무사통과였다. 주머니에 현금이 없으면 근처 현금인출기에서 돈을 찾아서 슬쩍 찔러주면 단속 경찰관도 못 이기는 척 헛기침을 해가며 통과시켜주곤 했다. 지금으로서는 상상도 할 수 없는 일이지만, 그 시절에는 음주 운전뿐만 아니라 어지간한 법규 위반은 만 원짜리 한 장이면 딱지도 끊지 않았다.

그래도 혹시 있을지 모를 음주단속을 피한다고 이면도로로 차를 몰았다. 이면도로로 들어선 것까진 좋았는데, 삼거리에서 커브를 틀다가 요란스레 전봇대를 들이박고 말았다. 흠집 하나 없던 새 차의 범퍼가 박살이 났지만, 다행히 상준은 다친 곳이 없었다.

굉음에 사람들이 삼삼오오 모여들어 웅성거리는 가운데 누가 신고했는지 곧 순찰차가 나타났고, 상준은 결국 경찰서로 끌려갔다. 연말이라 경찰서 안에는 음주 운전을 하다가 끌려온 사람들로 바글바글했다. 소주 한 잔을 마셨네, 맥주 한 컵을 먹었네, 혀 풀린 목소리로 여기저기서 목청을 돋우는 취객들 때문에 경찰서는 소란스럽기 그지없었고, 짜증이 날 대로 난 경찰관들은 사실대로 진술하라며 큰소리로 맞받아쳤다.

상준의 옆에서 취조받던 취객은 경찰과 말도 안 되는 실랑이를 벌이고 있었다.

"이봐요, 아저씨. 내가 분명히 봤다니까. 음주단속 하는 거 보고, 아저씨가 운전석에서 내려서 차를 밀기 시작했잖아. 옆에 있는 아저씨랑 둘이서 우리 앞까지 차를 밀고 오더니, 내가 지금 뭐 하시는 거냐고 물으니까 아저씨가 그랬잖아, 술 취해서 차를 밀고 가는 중이라고."

"그래, 그렇지. 밀고 갔지. 밀고 간 건 맞아. 그런데 운전은 안 했어."

"내가 아저씨가 운전하다가 내리는 걸 봤다고 몇 번을 얘기해요? 어이, 옆에 계신 친구분, 이 아저씨 운전한 거 맞죠? 그리고 같이 내려서 차 밀었죠?"

경찰관이 씩씩거리며 묻자, 옆자리의 사내는 뒷머리를 긁적거리며 술집 앞에서부터 차를 밀었다고 어눌하게 대답했다.

"하, 이 양반들 미치겠네. 내가 두 눈으로 똑똑하게 봤다는데도 계속 이러네. 그럼 어느 술집에서 술 마셨는지 얘기해 봐요!"
"그건 모르지. 술 취해서 기억이 안 나."
"아, 돌겠네. 어이 김 순경, 이리 와봐. 지금 당장 단속 현장에 가서 인근에 CCTV 있나 확인해보고 와. 그리고 아저씨들은 우리가 CCTV 확인할 때까지 유치장에 들어가 계셔."
"야 인마, 너 만약에 CCTV 없으면 어떡할 거야? 내가 얘기했잖아. 운전 안 했다고. 내가 차를 밀고 갔지, 언제 운전했냐고? 근데 음주운전했다고 유치장에 집어넣겠다고? 그럼 당장 증거를 내놓던가."

사내는 벌떡 일어나서 삿대질까지 해가며 언성을 높였다. 여기저기서 키득거리는 소리가 들렸다. 당시만 해도 블랙박스나 CCTV가 드물던 시절이라 경찰관은 곤혹스러운 표정을 지었다.
상준을 담당한 취조관이 고개를 절레절레 저어가며 그에게 질문을 했다.

"이봐요, 아저씨. 아저씨는 술 얼마나 드셨어요?"
"나요? 나는 정-확-히 소주 세 병하고, 맥주 두 병 마셨습니다!"

상준은 경찰서가 쩌렁쩌렁하게 큰 소리로 대답했다. 순간 주변이 조용해지더니 다들 입을 다물고 황당하다는 듯 쳐다보았다. 잠시 뜨악한 얼굴로 상준을 빤히 쳐다보던 담당 경찰관은 책상을 손바닥으로 있는 힘껏 내리치며 벌떡 일어나서 여기저기 삿대질을 해가며 누구에게랄 것도 없이 빽 고함을 질렀다.

"이 양반들아, 거짓말들 좀 작작 합시다! 하도 말도 안 되는 소리들을 하니까 이 아저씨가 얼마나 짜증 났으면 솔직하게 말하잖아, 솔직하게. 이 아저씨 봐봐, 소주 세 병에 맥주 두 병 먹었다고 솔직하게 얘기하잖아. 얼마나 당당해! 아저씨는 솔직해서 내가 봐줄 테니까 그만 가세요. 어이 김 순경, 이분 댁에까지 모셔다드려!"

믿거나 말거나, 그렇게 해서 상준은 아무 처분도 받지 않은 채 얼떨떨하게 풀려났다. 두 시간 만에 시바스 리갈 두 병을 들고 집으로 돌아가자, 이제나저제나 영문도 모르고 기다리다 고스톱을 치던 친구들이 우르르 그를 닦아세웠다. 그러나 상준이 의기양양하게 시바스 리갈 뚜껑을 따며 집 밖에서 벌어졌던 일을 무용담 삼아 풀어내자, 다들 음주 운전을 문제 삼기는커녕 박수까지 쳐가며 데굴데굴 굴렀다.

산후조리를 마치고 돌아와서 모든 걸 알게 된 아내도 술 마시고 운전하다 사고 나면 어쩔 거냐고 가볍게 잔소리만 했을 뿐 크게 뭐라고 하진 않았다. 종종 처남들이 음주 운전하는 차에 장인과 장모가 동승할 때도 많아서, 상준이 경찰서에서 겪은 일을 전해 들은 처가 식구들은 키득거려가며 재미있어할 따름이었다. 되레 큰처남은 음주 단속에 걸렸다가 금목걸이 반쪽을 떼어주고 경찰의 에스코트까지 받앉던 자신의 경험을 무용담처럼 곁들이기까지 했다.

호랑이 담배 피우던, 아니 버스 기사 운전하면서 담배 피우던 시절 얘기다.

어쨌건 한바탕 사고를 친 이후로 음주 운전을 하지 않게 된 것은 출퇴근 길에 늘 아내가 조수석에 앉아 있었기 때문이었다. 그러다가 21세기가 시작되던 해에 입사 동기가 음주 운전으로 인사 사고를 내고 크게 곤란해진 모습을 보면서 절대로 음주 운전을 해서는 안 되겠다는 경각심을 품게 되었다. 공교롭게도 그 무렵부터 음주 운전에 대한 사회 인식이 크게 달라졌고, 처남들도 음주 운전과는 담을 쌓게 되었다.

덕분에 상준은 큰애가 고등학교에 입학할 때까지 무탈하게 차를 몰았고, 한 살 터울인 작은애가 고1이 되었을 때는 골골거리는 승용차를 처분하고 7인승 카니발을 뽑았다.

아내는 사흘 내내 상준을 째려보며 한숨을 푹푹 내쉬었다. 그러면서 그에게 단 한마디 말도 걸지 않았다.

나흘째 되는 날에 상준은 집에 있는 게 숨이 막혀서 북한산을 갔다. 산행을 마치고 나니 막걸리 생각이 간절했지만, 아내에게 무슨 욕을 먹을지 뻔해서 그냥 귀가했다.

아파트 현관문을 열고 들어서자 아내는 지퍼가 달린 장바구니를 던지다시피 내밀며 장을 봐야 한다면서 앞장을 섰다. 그는 군말 없이 아내의 뒤를 쫓았다. 장을 보고 마트를 나서는데 모르는 번호로 전화가 왔다. 받을까 말까 망설이다가 혹시 하는 마음에 통화버튼을 누르자 나이 많은 아주머니가 아저씨는 누군데 남의 집 앞에 차를 일주일 가까이 세워놓고 찾아가지를 않느냐고 화를 냈다. 순간 얼마나 반갑던지 와락 눈물이 날 뻔했다.

아내와 함께 택시를 타고 아주머니가 알려준 주소로 가자, 일차선 도로변에 아담하게 자리 잡은 단독주택 대문 앞에 까만색 카니발이 먼지를 흠뻑 뒤집어쓴 채 예쁘게 주차되어 있었다.

남의 집 대문 앞에서 이제나저제나 주인을 기다렸을 카니발의 시동을 켜니, 다리에 힘이 풀리면서 자신의 차가 왜 남의 동네에 와 있는지 어림짐작이 되었다. 워셔액을 뿌리고 와이퍼를 작동시키자 누런 흙탕물이 흘러내리면서 시야가 선명해졌다.

아파트 지하주차장에 주차할 때까지 아내는 내내 말이 없었다. 시동을 끄고 공동현관을 향해 걸어가는데, 아내가 등 뒤에서 상준을 불러세웠다.

"그냥 들어가게? 그동안 맘고생 많이 했잖아. 술고래가 그 좋아하는 술도 못 마시고. 술 안 고파? 삼겹살에 쐬주 한잔 하러 가자. 따라와."

또각또각 앞장서서 걷던 아내가 지나가는 말처럼 뒤도 돌아보지 않고 한마디 덧붙였다.

"재작년에 퇴직한 최 지점장 있잖아, 당신처럼 심심해 죽다가 전기기능사 자격증 따서 시설관리공단에 취직했는데, 꽤 재미있다나 봐.

다리에 사다리 탈 힘만 있으면 계속 일할 수 있대. 정년이고 뭐고 없어 좋다고 하더라고."

손재주가 메주였던 최 지점장이 전기기능사를 한다니 피식 웃음이 새어 나왔다. '그래도 몸 쓰는 건 그 양반보다 내가 열 배는 낫지.' 생각하며, 아내의 뒤를 성큼성큼 따라갔다. 그동안 술이 꽤 고팠는지 그의 입안에는 군침이 돌았다.

올 뉴 카니발 *"떠나야만 알 수 있는 것들, 아빠가 가르쳐준 세상"*

1998년 첫 출시된 기아자동차의 대형 미니밴.
넉넉한 공간과 편의성을 갖춰 패밀리카로 꾸준히 사랑받고 있다.

대부분의 카니발 차주는 하나의 공통점을 갖고 있습니다. 바로 처자식을 끔찍이 아끼는 중년 가장이라는 것이죠. 사실 카니발은 차주 개인 입장에서는 썩 끌릴 게 없는 모델입니다. 덩치는 산만 해서 주차도 힘든데다 운전을 하고 있으면 로드 매니저나 버스 기사로 취직한 듯한 기분도 들죠. 하지만 동승자들에게는 내 집 안방과도 같은 편안함을 선사합니다. 특히 여러 명이 탑승할수록 이 차의 진가가 드러납니다. 결국, 여러 사람을 동시에 이동시킬 일이 잦다면, 카니발은 국산차 중 대안이 없는 최고의 자동차입니다. 가족과의 여행에 최적화된 이 모델은, 무엇보다도 모든 사람의 편안함을 보장하는 진정한 패밀리카입니다.

마티즈 Ⅱ

무조건 직진
홍 여사

박 씨는 자식을 이기는 부모 없다는 말을 갑작스레 실감하게 되었다.

군대를 제대한 아들이 축하해주기 위해 모인 가족들 앞에서 농부가 되겠다는 폭탄선언을 해버린 것이다. 잠깐 쉬다가 당연히 다음 학기에 복학할 거라 생각하고 등록금까지 마련해 뒀지만, 아들은 아예 대학도 그만두겠다고 했다. 박 씨 부부가 한 달 내내 설득해 봤지만 오랜 시간 고민하고 준비를 해온 듯 구체적인 청사진까지 제시해가며 꿈쩍도 하지 않았다.

"제가 휴가 나올 때마다 집에서 잔 적이 별로 없잖아요. 자대 배치 받았을 때부터 절 친동생처럼 아껴주던 병장님이 있어요. 같은 대학 4년 후배라는 걸 알고 굉장히 잘해주셨죠. 그 형은 대학을 졸업하고 입대했는데, 제대하면 원주에서 크게 과수원을 하는 아버지 옆에서 특용작물 농장을 운영할 거라고 했어요. 명문대 나왔다고 모르는 사람은 부러워할지 몰라도 인문계라서 취직하기도 어렵고, 취업 준비에 몇 년의 시간을 쓰기도 싫어서 뜻맞는 젊은 사람들과 농업법인을 만들어 운영한다고 했거든요. 참 특이하다 생각했지만, 좋은 형이라서 휴가 나올 때마다 거기 가서 일을 거들었는데, 얼마나 즐겁던지 시간 가는 줄 모르겠더라고요. 마음도 편해지고."

아들의 얘기에 박 씨는 한숨부터 나왔다.

박 씨의 부모님은 그가 태어나기 전부터 정읍에서 밭농사를 지어왔다. 덕분에 그는 주말이면 반강제로 종일 밭일을 거들어야 했는데, 지금 생각해 보면 거의 아동학대 수준의 중노동이었다. 벼를 수확할 때면 학교에 가지 못하는 아이들이 허다했고, 선생님도 그런 아이들에게는 야단을 치지 않았다.

낫질은 물론이고 한여름 땡볕 아래에서 몇 시간 동안 고추를 따야 했고, 중학생 때는 감자나 고구마를 캐면 경운기를 몰기도 했다. 그래서 그는 대학에 입학하기까지 세상에서 제일 싫은 게 주말과 여름방학이었다. 그러나 부모님은 평생 가난의 그늘에서 벗어나지 못했고, 아버지는 환갑이 되던 해에 농약을 치다가 돌아가셨다.

"너 농사가 얼마나 힘든 줄 알고 하는 소리냐? 뼈 빠지게 일해봤자, 그게 돈이 되는 건 하늘의 별 따기나 다름없다. 그리고 설사 농사를 짓더라도 대학은 졸업해야 하지 않겠니? 사람 일은 모르는 거니까."

박 씨는 버럭 호통치고 싶은 마음을 꾹 누르고 조용히 말했다.

"아빠, 그건 다 옛날얘기예요. 김 병장님 농장에 가보니까 저 같은 청년들이 많더라고요. 젊은 사람들끼리 영농조합을 만들어서 서로 도와가며 일도 하고 SNS를 통해 소비자와 직거래하는데, 수입도 괜찮더라고요. 스타트업처럼 함께 일하면 늙어가는 농촌에서 경쟁력도 확보할 수 있어서, 미래 전망도 괜찮을 것 같고요. 무엇보다 거기서 일을 거들다 보니까 내 삶의 주인이 나라는 생각이 드는데, 그 느낌이 그렇게 좋을 수가 없더라고요. 쓸모없는 공부하느라 더 이상 시간 낭비하고 싶지 않아요."

아들의 표정은 단호하기 그지없었다.
누구를 닮았는지 고집이 고래 힘줄보다 질긴 아들의 성정을 누구보다 잘 아는 박 씨 부부는 결국 녀석의 결정을 존중해주기로 했다. 아니, 존중해줄 수밖에 없었다. 아무리 핏줄은 못 속인다고 하지만 아들은 부부의 단점만을 골라서 빼닮았다. 성질 급하고 고약한 건 아빠를, 운동신경 둔하고 노래 못하는 건 엄마를.
어쨌건 아들은 봄부터 원주에 있는 선배의 농장에서 일을 배우기로 했다면서 곧바로 일종보통 면허를 땄다. 그러고는 박 씨에게 운전 연습을 시켜달라고 부탁했다. 의미도 있고 미래 전망도 괜찮은 직업을 얻으려고 노력해 보지도 않고, 농부가 되겠다는 아들 녀석의 선택이 마뜩잖아서 여전히 앙금이 남아 있던 박 씨는 썩 내키진 않았다. 그렇다고 아비가 쪼잔하게 굴 수는 없는 노릇이라 쏘렌토의 시동을 걸었다.

아들을 조수석에 태우고 어디에서 도로 연수를 시킬까 한참 고민하다가, 문득 옛날 생각이 나서 영동고속도로를 가로질러 강릉으로 향했다.

박 씨가 운전면허를 딴 것은 청과물 도매상을 운영하던 선배의 가게에 취직했을 때였다.

"운전면허 시험 보는데 무슨 문제집까지 풀고 공부를 해요. 창피하게! 평소 실력이 없는 사람들이나 요란을 떨며 공부를 하는 거지, 우리 같이 기초가 짱짱한 사람은 노 프라블럼입니다!"

그는 온갖 건방을 떨며 문제집을 거들떠보지도 필기시험을 봤고, 보기 좋게 떨어졌다. 이 당연하지만, 당시의 어이없었던 낙방은 그때부터 지금까지 아내가 두고두고 놀려먹는 근거가 되었다. 선배도 자기 주변에서 운전면허 필기시험에 떨어진 건 박 씨밖에 없다며 키득거렸는데, 망신도 아주 그런 망신이 없었다.

우여곡절 끝에 면허를 딴 박 씨는 도로 연수를 부탁했고, 선배는 호기롭게 겸사겸사 하루 바람이나 쐬고 오자며 강원도로 트럭을 몰았다. 인제에 도착한 선배는 한계령 앞에서 그에게 차 키를 넘겼다.

박 씨가 뜨악한 얼굴로 쳐다보자 선배는 짓궂은 표정으로 어깨를 으쓱해 보였다. 그날 한계령을 어떻게 넘었는지 그저 아뜩했던 기억밖에 없다. 눈앞에는 까마득한 낭떠러지가 끝도 없이 펼쳐졌고 수시로 시동이 꺼졌다. 가까스로 한계령을 넘어 오색에 도착했을 때는 온몸이 식은땀으로 흠뻑 젖어 있었다. 그야말로 죽다 살아난 기분이었다.

오색약수터의 식당가에서 산채정식을 먹을 때에는 진이 다 빠져서 숟가락을 든 손이 달달 떨렸다. 식사를 마친 뒤 냉커피를 한 잔 마시니 그제야 정신이 돌아왔다.

"어떻게 할까? 한계령을 다시 넘어가야 하는데, 힘들면 내가 운전할까?"

잠시 망설이던 그는 까짓거, 죽기 아니면 까무러치기라는 심정으로 운전대를 잡았다. 그런데 이상하게 내심 겁이 나면서도 어느 정도 마음의 여유가 생겨서 라디오 소리도 귀에 들리고, 선배와 대화를 주고받는 것도 가능해졌다. 그렇게 다시 한계령을 넘어 인제 원통을 지나올 때는 운전이 꽤 편하게 느껴졌다.

대관령 터널을 빠져나와 경포대에 도착한 박 씨 부자는 회덮밥에 물회를 시켜 먹었다. 아버지의 꿍꿍이속을 알 리 없는 아들은 편안한 얼굴로 식사를 마쳤다. 그 모습을 보고 있자니 과연 한계령에서 운전대를 맡기는 게 옳은 일인지 살짝 불안한 생각이 들었다. 경포대의 명물로 자리 잡은 카페에서 아이스 아메리카노 두 잔을 테이크아웃

한 뒤 아들을 조수석에 태웠다. 이제부터는 자기가 운전하는 줄 지레짐작했던 아들이 의아한 표정으로 쳐다보았지만, 박 씨는 짐짓 모른 척 눙을 쳤다.

"조금만 가면 아주 죽이는 드라이브 코스가 있다. 거기서부터 니가 운전을 해봐라."

한계령 쪽으로 방향을 잡고 오색에 도착한 박 씨는 이십 년 전 선배가 그랬던 것처럼 아들에게 차 키를 건넸다. 녀석은 두 눈을 동그랗게 치켜뜨더니 차 키를 보며 마른침을 꼴깍 삼켰다. 그러거나 말거나 그는 조수석에 앉아서 안전벨트를 맸다. 그런데 잔뜩 겁을 집어먹은 표정으로 시동을 켜는 아들 녀석의 모습을 보고 있자니 문득 아내의 얼굴이 겹쳐 보이면서 불안감이 밀려왔다. 그냥 동네의 한적한 도로를 택해서 안전을 도모했어야 했다는 때늦은 후회를 하면서 그는 조수석의 손잡이를 단단히 움켜잡았다.

엄마의 단점을 닮아 녀석도 은근히 몸치였기 때문에.

아내는 파주에서 홀로 농사짓는 장모님의 거동이 불편해지면서 운전면허를 땄다. 박 씨 부부는 고령의 노인을 아파트로 모셔 오기 위해 부단히 노력했지만, 장모님은 당장 내일 죽는 한이 있더라도 정든 시골집을 떠날 수 없다며 완강하게 손사래를 쳤다. 그래서 아내는 면허를 따자마자 중고 마티즈를 장만했고, 그에게 도로 연수를 부탁했다.

아내에게 운전을 가르쳐주다가 백발백중 부부싸움하며 한바탕 곤욕을 치른 사람들의 이야기가 눈앞에 어른어른했지만, 그래도 설마 했다. 막 운전면허를 땄으니 금방 적응을 하겠지 싶었다. 그 설마가 역시 박 씨도 잡았다. 아내가 시동을 켜기 전만 하더라도 무슨 일을 겪게 될지 까마득히 몰랐다. 그는 일산에서 차량 통행이 가장 뜸한 호수공원 뒤쪽 길로 코스를 잡았다. 흘깃 옆을 보니 다른 차가 한 대도 오가지 않는데도 아내는 안색이 파랗게 질려있었다. 차는 엉금엉금 기다시피 했고, 속도를 조금만 높이라고 얘기해도 아내는 상체를 운전대 앞에 바짝 붙이고 전방만 응시했다. 그는 꼭 거북이를 타고 가는 기분이 들었다.

출발한 지 오 분쯤 지났을까, 왕복 이 차선 도로 사거리에서 아내는 빨간불인데도 멈출 생각 없이 직진을 해버렸다.

"빨간불인데, 지금 뭐하는 거야? 차가 없어도 빨간불에는 무조건 서야지! 이러다가 나중에 큰 사고나!"

너무 황당한 나머지 박 씨는 버럭 고함을 질렀다.

"내가 뭐?"

"빨간불인데 그냥 지나쳤잖아!"

"거기 신호등이 있었어?"

아내는 너무나 태연한 얼굴로 되물었다. 황당하기 짝이 없었지만, 더 화를 냈다가는 부부싸움 나기 딱 좋겠다 싶어서 그는 입을 꾹 다

물었다.

아내는 잔뜩 긴장한 얼굴로 차들이 일렬로 주차되어 있는 일방통행로로 들어섰다. 덤프트럭이 쌩쌩 다녀도 문제없는 도로에서 아내는 운전석 쪽 공간이 좁게 느껴졌는지 자꾸만 오른쪽 주차된 차들 쪽으로 핸들을 틀었다. 불안한 마음에 차창 위 손잡이를 단단히 움켜쥐려는 찰나에 아내가 주차된 차들을 향해 사선으로 운전했고, 수입차를 들이박기 일보 직전에 그가 오른손으로 핸들을 확 잡아 꺾었다.

"도대체 왜 그래, 제정신이야? 앞을 보고 똑바로 운전해야지. 왜 멀쩡히 서 있는 다른 차를 박으려고 하는 거냐고? 도대체 운전면허를 어떻게 딴 거야?"

"왜 소리를 질러? 깜짝 놀랐잖아! 조곤조곤 알려줘도 될 것을 왜 대뜸 소리부터 지르냐고? 운전 잘하는 사람이 옆에 앉았으면 진작 핸들을 틀어줬어야 할 거 아냐? 그러려고 옆에 앉아 있는 거잖아. 이렇게 할 거면 당신 내려! 나 혼자 연습해볼 거야!"

아내는 억울해 죽겠다는 표정으로 박 씨를 쩌려보았다.

"당장 차 세워!"

박 씨는 차에서 내려 문을 쾅하고 닫아버렸다.

"그런다고 그냥 가면 어떡해? 이 치사한 인간아, 빨리 타라고!"

그러거나 말거나 그는 지나가는 택시를 잡아타고 집으로 돌아와 버렸다. 집으로 돌아와서도 한동안 분이 풀리지 않았다. 그런데 한 시간이 넘어가도록 아내가 돌아오지 않자 은근히 걱정되기 시작했다. 전화를 할까 말까 한참을 망설이는데 핸드폰이 울렸다. 왜 전화했냐고 냅다 쏘아붙이려고 하는 찰나 아내의 울먹이는 목소리가 들렸다.

"여보, 나 무서워 죽겠어. 빨리 좀 와줘!"
"왜 그래, 무슨 일이야? 사고 났어?"
"아니, 사고는 아닌데, 여기서 어떻게 집으로 가야 할지 모르겠어."
"거기 어딘데?"
"여기, 김포 지나서 통진이라는 곳이래."
"뭐? 도대체 거긴 왜 간 건데?"

박 씨는 하도 어이가 없어서 자기도 모르게 버럭 언성을 높였다.

"아니, 차선 변경을 하지 못해서 쭉 직진하다 보니까 나도 모르게 일산대교를 넘어버렸어. 다시 일산으로 돌아오는 길을 찾으려고 계속 가다 보니까 여기까지 와버렸어. 더 가면 강화도까지 갈 것 같아서 멈추고 전화하는 거야. 그러니까 제발 빨리 좀 와줘!"

택시를 불러서 한달음에 달려가자 십 년은 늙어버린 아줌마가 와락 안겼다.

그 뒤로도 아내는 초보 티 팍팍 내면서 '웃픈' 이야기들을 널리 전파했고, 가엾은 마티즈는 앞뒤 범퍼는 물론이고 문짝까지 이리저리 찌그러졌다. 다행히 큰 사고를 낸 적은 없지만, 아내가 차를 몰고 도로에 나서면 빵빵거리는 차들이 한둘이 아니었다.

당시만 해도 김 여사 시리즈가 한창 유행할 때였다. 여성 운전자를 만나면 차창을 내리며,

"이봐, 아줌마. 집에 가서 밥이나 하지 왜 쓸데없이 차를 끌고 나와서 길 막히게 하는 거야? 짜증나게."

하며 대놓고 비아냥거리는 남자들이 생각보다 많던 시절이었다.
그래서 어떤 여성 운전자는 이렇게 맞대응하기도 했다.

"이봐, 아저씨. 그래서 지금 밥 하러 가고 있잖아!"

실제로 박 씨는 '지금 밥 하러 가는 중'이라는 문구를 뒷유리에 붙여놓고 달리는 승용차를 보고 빵 터지기도 했다.
하지만 그때 차량정체가 심해진 이유는 너도나도 차를 사면서 천만 대가 넘는 자동차가 도로로 쏟아져나왔기 때문이었다. 어쨌건 지금도 그때 이야기를 하면 아내는 초보는 다 그런 거라면서 계면쩍게

웃는다. 하긴 초보일 때는 누구나 당황스러운 일을 겪을 수밖에 없다. 박 씨도 그랬다.

박 씨가 운전면허를 딴 지 한 달쯤 지났을 때였다. 이혼한 지 삼 년 만에 새로운 여자를 만나 충청도에 있는 모 암자에서 조촐하게 결혼식을 올리기로 했다며 선배가 연락을 해왔다. 코란도를 몰고 다녔던 선배는 절 앞마당까지 차가 올라올 수 있다고 덧붙이며 날짜와 주소를 문자로 보내왔다.

결혼식 당일 부슬부슬 비가 내렸는데, 빗길 운전이 처음이었던 그는 여유 있게 출발해서 감속 운전을 했다. 고속도로를 한참 벗어나서 주소지에 있는 시골 마을에 도착했는데, 마을을 몇 바퀴 돌아도 절로 올라가는 길이 보이지 않았다. 구멍가게에서 담배를 산 뒤 주인에게 암자의 이름을 대고 올라가는 길이 어디냐고 물었다. 그러자 구멍가게 주인은 폭이 삼사 미터쯤 되는 오솔길을 가리켰다.

오솔길 입구에 들어서자 급경사가 눈에 들어왔고, 좌측은 낭떠러지였다. 비는 부슬부슬 내리지, 뭔가 싸한 느낌이 들었다. 하지만 길폭이 차가 올라가기에 충분해 보여서 그는 1단 기어를 넣고 액셀을 밟았다. 한계령에서 도로 연수를 할 때처럼 가슴이 두근거렸다. 마음을 좁혀가며 이백 미터쯤 올라갔을까, 오솔길이 휙 휘어졌다.

박 씨는 잠시 브레이크를 밟아 속도를 죽였다가 핸들을 감으면서 액셀을 밟았다. 그런데 차가 앞으로 나아가지 못하고 헛바퀴만 돌았다. 살짝 후진했다가 액셀을 확 밟았지만 소용없었다. 갖은 용을 다 써봤지만, 헛바퀴만 돌뿐, 차는 조금도 움직이지 못했다. 그렇다고 좌측이 낭떠러지인 길을 후진해서 다시 내려갈 수도 없고, 그야말로 진퇴양난이어서 등에서는 식은땀만 흘렸다.

고개를 떨구고 한숨만 푹푹 내쉬고 있는데, 누군가 운전석 창문을 노크했다. 우산을 쓴 스님은 이상한 사람이라도 되는 양 박 씨를 살펴보며 물었다.

"어떻게 오셨나요?"
"스님, 저희 선배가 이 위에 있는 절에서 결혼식을 한다고 절 마당까지 차를 끌고 올라오면 된다고 했거든요."
"아, 그분들 결혼식 끝내고 좀 전에 내려가셨습니다. 그리고 여기는 원래 차가 올라오면 안 되는 길이에요."

스님은 가볍게 합장해 보인 뒤 천천히 오솔길을 걸어 올라갔다. 박 씨는 크게 뒤통수를 얻어맞은 기분이었다. 이제 방법은 혼자서 후진해서 다시 내려가는 방법밖에 없었다. 마른침을 삼켜가며 천천히 후진하기 시작했는데, 두 다리가 후들거렸다. 도저히 후진으로 내려갈 자신이 없어 차에서 내렸다. 내려서 살펴보니, 오솔길은 충분히 넓어 보였는데, 운전석에만 앉으면 갑자기 길이 와락 좁아지면서 간이 오그라들었다. 그는 진땀을 뻘뻘 흘리다가 차에서 내려, 휘어지는 오솔길을 막 꺾어서 사라지려는 스님을 향해 헐레벌떡 달려갔다.

"스님, 혹시 운전할 줄 아시나요?"

"할 줄은 아는데, 왜 그러시지요?"

"그럼, 스님 정말 죄송한데, 저 밑에까지 제 차를 운전 좀 해주실 수 있을까요? 제가 운전면허 딴 지 얼마 되지 않아서요."

마침내 오솔길 입구를 다시 벗어나자, 스님이 웃으면서 말했다.

"앞으로 가는 면허만 딴 거 같은데, 얼른 가서서 뒤로 가는 면허도 마저 따도록 하세요! 아미타불!"

스님의 인자하신 말씀에 그는 절로 미소가 지어지며 긴장이 풀렸다. 뒤풀이 장소에 가자 선배는 왜 이렇게 늦었냐고 타박을 하면서도 반갑게 맞아주었다.

"절 마당까지 차 끌고 오라며? 그런데 스님이 그러더라. 거긴 차 다니는 길이 아니라고. 내가 중간쯤 올라갔다가 후진해서 내려오느라고 얼마나 고생고생한 줄 알아? 웬만한 사람은 내려오지 못하겠더라고."

식은땀깨나 흘린 박 씨는 버럭 짜증부터 냈다.

"아, 맞다. 네 차는 사륜이 아니지. 미안, 미안. 그래도 초보가 운전 잘하네. 그 길을 후진으로 내려오고."

선배는 정말로 미안해하는 표정을 지으며 그의 잔에 술을 채웠다.

작년에 전주에 출장을 갔을 때 박 씨는 어느 아파트 단지의 담벼락과 옹벽 사이의 길을 지나가게 되었다. 옹벽 쪽에는 차들이 일렬로 주차되어 있어서 차 한 대가 겨우 지나갈 정도로 길이 좁았다. 그 길을 거의 빠져나갈 즈음 반대편에서 승용차 한 대가 도대체 무슨 생각인지 박 씨 앞으로 쓱 진입해 들어왔다. 하도 어처구니가 없어서 '뭐 이렇게 운전하는 사람이 다 있나' 하고 차체가 높은 SUV 운전석에서 내려다보고 있는데, 승용차의 운전대를 잡은 여자는 쩔쩔매는 표정으로 얼어붙어서 이러지도 저러지도 못하고 있었다. 삼사 미터만 후진하면 되는데, 울상을 짓고 있는 여자의 얼굴을 보고 있자니, '아, 저 사람도 앞으로 가는 면허만 딴 사람이구나' 하는 생각이 갑자기 들었다. 박 씨는 망설이지 않고 백 미터가 넘는 거리를 후진하기 시작했다. 승용차 운전자는 그런 그의 차를 따라오면서 연신 고개를 숙이며 고마움을 표했다. 그 모습을 보니 그저 웃음만 나왔다. 산사 오솔길에서 쩔쩔매던 자신의 얼굴이 겹쳐 보였다.

시동을 켠 아들은 전진기어를 넣고 액셀을 밟았다. 아들은 한껏 긴장한 얼굴로 한계령을 오르기 시작했다. 어금니를 질끈 깨물고 전방을 주시하는 아들 녀석의 얼굴을 보니 옛날의 자신을 보는 것만 같아서 박 씨는 피식, 웃음이 나왔다. 크게 휘어지는 오르막길에서는 잔뜩 겁을 집어먹고서 거북이처럼 속도를 늦추었고 삐질삐질 땀을 흘렸다. 그러나 정상에 도달할 때쯤 아들은 조금씩 안정을 되찾아갔다. 한계령휴게소에 도착해서 기특한 마음에 등을 다독여주는데 등

판이 축축했다.

다시 출발하고 한계령을 벗어나 평지를 달리게 되자, 아들은 그를 힐끗 쳐다보며 저렇게 험한 산에서 운전 연습을 하는 건 진짜 아닌 것 같다며 불만을 표시했다.

"어쭈, 이제 운전이 할 만한가 보네. 항의도 할 줄 알고."

그 말에 아들은 씨익 웃어 보였다. 그러더니 박 씨의 눈치를 슬쩍 살핀 뒤 농사 얘기를 꺼냈다. 그는 아들의 얘기를 끊지 않았다. 아들은 김 병장과 함께 농사짓는 청년들이 어떤 비전을 가지고 있고, 어떤 활동들을 하고 있는지, 꽤 구체적으로 설명했다. 박 씨는 여전히 농사를 고집하는 아들이 못마땅했지만, 문득 자신이 너무 옛날 생각에 빠져 사는 건 아닌지 의심이 가기 시작했다. 그러면서 영농후계자들의 삶을 다룬 다큐멘터리가 떠오르기도 했다. 거기에 나오는 시골에서의 삶은 그가 기억하는 시골과 많이 달랐다.

생각이 거기에 미치자, 아들 세대에게는 농사를 짓는 것도 나쁜 선택만은 아닐 수도 있을 것 같았다.

사실 박 씨가 살았던 시대와 아들이 사는 시대는 달라도 너무 많이 달랐다.

박 씨 또래들은 대부분 중, 고등학교만 나와서 사회생활을 시작했다. 대학 진학률이 높지 않았고, 무엇보다 고등학교만 졸업해도 괜찮은 직장에도 취직이 가능했다. 상고만 나와도 대기업 총무과나 은행

원으로 취직할 수 있었다. 결혼하기도 그렇게 어렵지 않았다. 서로 사랑하는 마음만 있으면 변두리 단칸방을 얻어서 결혼식을 올렸고, 결혼식을 올릴 형편이 되지 않는 사람들은 일단 혼인신고를 한 뒤 살림부터 차리고 나중에 형편이 되면 결혼식을 올리기도 했다. 무엇보다 부부가 힘을 합쳐 십수 년 고생하면, 집 장만도 가능했다.

그런데 어느 순간 세상이 급변하면서 대학 졸업장은 필수가 되어버렸고, 안정적인 직장의 정규직으로 취직하기 위해서는 수많은 스펙을 쌓아야만 했다. 돈이 세상을 지배하면서 결혼하는 것도 쉽지 않아졌다. 2000년 전후로 기억되는데, 박 씨는 대학생들이 미팅할 때 자동차가 없는 남학생은 퇴짜를 맞는다던가, 맞선자리에서 남자가 여자의 연봉을 묻는 게 흔한 일이 되어버렸다는 신문기사를 읽고 크게 충격을 받기도 했다.

그런데 지금의 현실은 더욱 가혹해졌다. 그래서일까, 요즘 명문대학을 나와서 목수가 되거나 타일 기술자로 일하는 청년들의 삶을 다루는 다큐멘터리도 많아졌다. 박 씨는 그런 청년들을 보면서 참으로 기특하고 건강하다고 생각하기도 했었다.

박 씨는 복잡한 생각을 떨쳐버리기 위해 차창을 내리고 담배를 태웠다.

"아빠, 제발 담배 좀 끊으세요. 비흡연자인 아들 옆에서 너무 하신 것 아네요?"
"이건 내 차니까 시끄럽고요, 내비게이션 주소나 새로 찍어라."

아들이 의아한 얼굴로 그의 얼굴을 쳐다보았다.

"어디 들를 데 있으세요?"
"기왕 나온 김에 김 병장 농장인가 뭔가 구경이나 해보자."

순간 아들의 얼굴이 환해졌다. 아들은 옛 쌜, 거수경례를 붙이며 내비게이션에 새로운 주소를 입력했다. 박 씨는 조금씩 속력을 높이기 시작하는 쏘렌토의 창문을 열고 한결 높아진 가을 하늘을 우러르면서, 요즘 포터와 경운기 가격이 얼마나 하나 스마트폰으로 검색하기 시작했다.

마티즈 II

"고유가 시대, 선택은 하나!"

**한국 경차 시장의 오랜 아이콘으로,
실용성과 경제성을 자랑한다.**

기아자동차의 모닝과 함께 2000년대 초중반 우리나라 경차 시장을 양분하던 모델입니다. 티코의 단종 이후 만만치 않은 경쟁자들이 등장하기 전까지 한동안은 대한민국 유일의 경차이기도 했죠. 작고 가벼운 차체로 인해 전국 어디서든 쉽게 끼어들고 주차할 수 있었습니다. 편의 사항이나 성능, 또 안전은 어떠냐고요? 잘 나가고 잘 서는 데다 덜 먹습니다. 그럼 됐지, 이런 작고 동글동글한 눈빛의 귀여운 녀석에게 더 바랄 게 있나요? 비록 지금은 단종되었지만, 한때 '경차 전성시대'를 이끌던 한 시대의 상징으로 남아 있습니다.

록스타

빨간 지프는 사랑이어라

아버지의 꿈은 자기 차를 갖는 것이었다.

평생을 조그만 회사에 다니며 소니 카세트와 MP3로 흘러간 트로트를 듣는 게 유일한 취미이던 아버지였다. 네 아이 다 키워 결혼시켰으니 부모의 임무는 마쳤고, 젊어서부터 이상이 맞지 않던 어머니가 외손녀들 키운다는 핑계로 딸네 집에 가면서 자유를 얻은 아버지는 비로소 자신만을 위한 새로운 취미를 갖고 싶어 했다.

특히 아버지는 제대로 가본 지 오래인 고향 광주와 전라도를 유람하고 싶어 했다. 그러기 위해서는 차가 필요했다.

"뭐니 뭐니 해도 남자의 차는 사륜구동 아니것냐? 사륜구동 괜찮은 놈으로다 하나 장만해서 전라도 구석구석이나 유람해 볼란다."

아직 국산 SUV가 대중화되지 않던 1998년 무렵이었다. 영철이 찾아갈 때마다 사륜구동 타령을 하며, 현대 갤로퍼와 쌍용 코란도 사이에서 고민하던 아버지는 마침내 꿈에 그리던 차를 샀으니, 빨간색 록스타였다. 당신의 그리운 고향 전라도 광주의 아시아자동차에서 생산한 차이기도 했다.

록스타?

아마 구경도 못 해본 사람이 대부분일 것이다. 기아자동차 계열사이던 아시아자동차에서 만든 정통 오프로드카로, 차체 크기는 작은데 2.2리터 디젤엔진이 달려 있어 파워가 대단했다. 국산차 최초로 지옥의 코스라는 다카르 랠리에 출전하기도 했다.

하지만 스프링이 딱딱해 엉덩이가 견디기 힘들었고, 히터와 에어컨도 있으나 마나였다. 엔진과 전기도 잔고장이 많았다. 무엇보다도 파워스티어링이 아니라 주차를 하려면 온 힘을 다해 핸들을 돌려야 했다. 현대 갤로퍼나 쌍용 코란도에 비할 바가 아니었다. 결국 록스타는 아버지가 신차로 산 직후에 생산이 중단되고 만다.

비록 단종되었으나, 록스타라는 이름도 매력적이거니와, 투박스러운 외관도 나름 멋진 차였다. 더구나 빨간색이라니!

영철 형제는 언제 아버지의 빨간 록스타를 몰아보나, 핑곗거리를 찾았다. 그러나 어떤 핑계도 먹히지 않았다. 유일한 사치품이던 니콘 F3 카메라를 고등학생이던 영철에게 맘대로 쓰게 했던 아버지인데, 록스타 차 키만은 내주지 않았다.

아버지 본인이 매일 차를 애용하는 것도 아니었다. 빨간 록스타는 일주일 내내 아버지가 사는 아파트 주차장 한 칸을 차지하고 꼼짝도 하지 않았다. 아버지는 이삼일에 한 번은 반짝반짝 빛나게 광택제를 바르고 5분간 시동을 켜놓아 새 차 상태를 유지했다.

"아니, 비싼 차도 아닌데, 무슨 신줏단지 모시듯 하세요? 좀 몰고 다니세요. 광주와 전라도 유람하신다면서요?"

사실 아버지가 차를 끌고 나가지 못하는 가장 큰 이유는 운전미숙이었다. 운전면허는 일찍 땄지만, 차를 제대로 몰아본 적이 없는 아버지였다. 무거운 수동식 핸들에 앞쪽의 엔진룸이 길어서, 커브를 틀면 차체가 홱 돌아가 버리는 록스타를 몰기에 겁이 났던 것이다.

한번은 운전 연수도 시켜드릴 겸 아버지가 운전하는 록스타를 타고 가평에 다녀왔다. 원래 영철의 아버지는 자타가 공인하는 온순한 사람이다. 나이가 들고는 누구와도 싸워본 적이 없고, 고작 한다는 욕이라는 게 "병-신!" 정도였다. 아버지가 '개새끼' 같은 욕을 한다는 건 상상조차 할 수 없었다. 그런데 운전대를 잡으니 사람이 완전 돌변하는 것이었다.

"앗! 저 개새끼, 왜 끼어드는 거냐?"
"저 썩을 놈 봐라, 저거! 도로 전세 냈냐. 왜 저기에 주차를 한 거야? 육시랄 노무-새-끼!"

입에서 쉴 새 없이 욕이 쏟아져 나왔다. 겁 많은 강아지가 낯선 사람을 보면 더 요란하게 짖어댄다더니, 운전에 겁먹은 아버지의 욕설은 집에 돌아갈 때까지 쉬지 않고 계속되었다.

뿐만 아니었다. 서울에서 가평까지 거리가 얼마나 된다고 그날 오후에만 3번이나 과속단속 카메라에 걸려 벌금을 물어야 했다. 운전에 겁을 먹었으면 천천히 달리는 게 이치상 맞는데, 앞에 차만 없으면 무지막지하게 가속페달을 밟은 탓이었다.

"아버지! 좀 천천히 가세요. 단속카메라 좀 보고요!"

영철이 목숨의 위협까지 느끼며 소리쳐도, 속도의 감을 잡지 못했다. 너무 긴장해서 단속카메라나 계기판을 보지 못한 채 오로지 앞만 보고 달렸다.

그래도 조금씩 운전 실력이 나아진 아버지는 몇 번이나 록스타를 끌고 광주와 전라도에 다녀왔다. 당시 영철은 귀농해 충북 감곡면에서 복숭아 농사를 짓고 있었는데, 여름마다 두세 번씩 그의 과수원에도 왔다. 복숭아를 가져가 아버지도 먹고, 친구들에게도 나눠주기 위함이었다.

문제는 아버지가 멀쩡한 상등품 복숭아는 놔두고, 상처가 나거나 벌레가 먹어 버린 파치 아니면, 바람에 떨어진 낙과만 가져간다는 점이었다.

"아버지! 아들이 과수원 하는데, 못 팔고 버리는 복숭아를 드시면 어떻게 해요? 그런 복숭아는 버리세요, 제발!"

영철이 따라다니며 말려도 소용없었다. 아버지는 내려오기만 하면 복숭아나무 밑을 돌아다니며 낙과를 주워 담거나, 버리려고 한쪽에 쌓아놓은 파치 복숭아를 담아 록스타에 실어놨다. 영철이 판매 가능한 상등품을 미리 차에 실어놔도, 이런 건 팔아야 한다며 내려놓고, 파치들만 실어 담는데 말릴 수가 없었다.

도저히 안 되겠다 싶어서, 아버지가 오시는 날은 새벽에 과수원을 돌아다니며 떨어진 복숭아를 밟아 뭉개 버렸다. 모양만 나쁠 뿐 먹을만해서 '마른 파치'라 불리는 비품들을 빼고는 파치 복숭아도 몽땅 구덩이에 쏟아 버렸다.

한평생을 자식들을 위해 살아온 아버지에게 좋은 복숭아 몇 상자 드리는 건 효도라고 할 것도 없는 당연한 일이었다. 하지만 아버지는 그것조차도 받지 못하고, 왜 그 좋은 복숭아들을 버렸냐며 몹시 아쉬워했다.

그 무렵, 영철은 왜 20년이 되도록 고향 광주에 가지 않은 이유를 아버지에게 들을 수 있었다. 과수원에 내려와 하룻밤을 자던 날, 밝은 보름달 아래서 아버지는 여느 때와 달리 막걸리를 여러 통 마시고 대취했다. 그러고는 처음으로 불쑥 마음을 열었다. 1980년 5월의 광주 이야기였다.

"처음엔 공수부대 무서운지 몰랐다. 다들 전남대 학생들을 두들겨 패서 트럭에 실어 갔다는 소문만 듣고, 금남로로 몰려간 거야. 계엄령 해제하고 김대중 석방하라고 소리치며, 이리저리 몰려다닐 때만 해도 신이 났었다."

총을 뒤로 메고 긴 몽둥이를 든 공수부대가 몰려올 때만 해도 무서운지 몰랐다고 했다. 그런데 아버지는 말을 잇지 못했다. 연거푸 막걸리 몇 잔을 마시고 나서 격앙된 감정을 누르며 당시를 이야기해주는데, 이번에는 영철이 듣기가 힘들었다. 너무 처참했다. 현장에서 직접 본 사람이 아니면 믿기도 힘든 이야기였다. 상상하기는 더욱 힘든 이야기였다.

"길바닥에 나온 사람은 무조건 적이라고 생각했는지, 나이가 적건 많건, 여자든 남자든, 양복쟁이든 잠바 차림이든 도망가는 사람을 끝까지 쫓아가 반쯤 죽여서 끌고 가더라. 나는 몇 번이나 잡힐 위험을 천우신조로 아슬아슬하게 피해 달아났지만, 집에 가보니 오줌을 다 쌌더라."

대학생들뿐만 아니라 일반시민과 고등학생들까지 몰려나와 대규모 시위를 계속하자, 군인들이 잠시 외곽으로 물러나고, 광주 시내는 시위대 세상이 되었다. 분노와 부끄러움으로 죽을 것만 같던 아버지도 다시 거리로 나섰다.

"금남로에 나가보니, 친구들이 여기저기 보이더라. 아시아자동차에서 몰고 나온 트럭들을 타고, 소총을 어깨에 메고, 시내를 행진하는 거야. 전두환 타도하라고 외치면서. 적어도 그 며칠간은 우리들의 요구가 받아들여지고, 계엄군이 완전히 철수할 줄로만 알았지. 아니 그런 희망을 품었지. 나도 카빈 소총을 들고 아시아 트럭을 타고 순찰까지 돌았다."

그러나 변한 것은 없었다. 시위 발발 열흘째, 계엄군의 헬기가 돌아다니며 오늘 밤 군대가 진입하니 저항하지 말고 집에 들어가라고 최후통첩을 했다.

"저항 안 하면 산다는 뜻이었다."

아버지는 또다시 비겁자가 되었다. 총을 반납하고 집에 숨어버린 것이다. 그날 밤 계엄군은 전남도청에서 저항하던 젊은이들을 사살했고, 그중에는 아버지의 고등학교 동창도 있었다.
사건이 진정된 후 아버지는 곧바로 고향을 떠났다. 그러고는 친구들을 버리고 도망쳤다는 수치심과 두려움에 시달리던 아버지는 몸도 마음도 광주에 돌아가지 못했다. 집안 행사에도 거의 가지 않았고, 서류 같은 걸 떼러 가더라도 당일치기로 다녀왔다. 1998년 김대중이 대통령에 당선되지 않았다면, 아마 돌아가실 때까지 광주에 가지 못했을지 모른다.

아버지가 현대 갤로퍼나 쌍용 코란도에 비해 인기가 없던 아시아 자동차 록스타를 산 이유도 마음의 부채 때문이었을까? 아시아자동차 트럭을 타고 시내를 누비던 친구들을 두고 숨어버린 자신에 대한 죄책감 때문이었을까? 록스타가 아버지의 가슴에 맺힌 한을 조금이나마 풀어준 것은 사실이리라. 아버지는 록스타를 타고 다녔다는 점을 강조했다.

"아시아 록스타 데불고 광주와 전라도를 구석구석 싹 다 누비고 다녔다. 이제 죽어도 여한이 없다, 나는."

아버지가 결정적으로 록스타를 포기한 것은 운전에 자신을 잃었기 때문이었다. 록스타로 운전 연습을 한 덕분에 여의도의 한 중견 빌딩에 주차장 경비원으로 취직했는데, 외제차를 주차해주다가 문짝을 긁어먹는 사고를 내고 말았다. 다행히 보험처리는 되었으나, 엄청난 수리비 내역을 보고 놀라 바로 록스타를 팔아버린 것이다.

주차사고가 아니라도 나이가 들면서 만성적인 졸음과 부주의로 운전에 자신감을 잃은 아버지였다. 아버지는 사고 후 경비원으로 보직이 바뀌어서 10년 넘게 더 일하다가 뇌출혈로 쓰러졌다.

아버지는 중환자실에서 나와 일반병실로 옮기고도 끝내 정신을 차리지 못했다.

영철이 아버지의 방을 정리하러 가보니, 마치 당신의 죽음을 예견이라도 한 듯 깨끗이 청소되어 있었다. 이불과 옷은 군대 내무반처럼 잘 정돈되어 있고, 쓰레기통과 그릇들도 깨끗이 세척되어 엎어져 있었다.

아버지가 금고처럼 쓰던 묵직한 나무상자에는 구형 디지털카메라와 낙첨된 로또복권 같은 하찮은 물건들이 들어있었는데, 인화된 사진 뭉치가 눈에 띄었다. 아버지는 디지털카메라를 샀으나 컴퓨터도 없고 다룰지도 모르니, 사진을 찍으면 SD카드를 빼서 충무로에 가서 종이로 인화해 보관하고 있었다.

대부분 가족 행사 때 찍은 뻔한 사진이었는데, 유독 눈에 띄는 사진 뭉치가 있었다. 아버지가 자그마한 체구의 곱상하게 생긴 할머니와 빨간 록스타 앞에서 다정히 손을 잡고 서 있는 사진들이었다.

착하고 고운 인상의 할머니 사진은 열 장, 스무 장, 계속 나왔다. 사진의 배경은 광주 무등산부터 담양 소쇄원, 화순 세량제, 강진 다산초당, 여수 오동도, 땅끝마을 등 전라도의 관광지들이었다. 인천 월미도, 서울대공원, 한강유람선 같은 곳에서 찍은 사진도 있었는데, 장소는 달라도 주차장에 서 있는 록스타 앞에 손잡고 선 자세는 똑같았다. 바다도 강도 필요 없고, 빨간 록스타가 사진의 중심이었다.

예쁜 할머니 때문에 록스타를 산 건지, 아니면 록스타 덕분에 할머니를 만난 건지는 모르겠지만, 웃음이 빵 터졌다.

아버지에게 애인이 있었다니!

앞뒤 꽉 막힌 구두쇠, 꼰대로만 알았던 아버지에게도 이런 면이 있었다니!

웃음을 참을 수 없었다.

역시 빠-알간 지프는 사랑이어라.
바람이어라.

록스타

'군토나'의 숨은 아버지이자
오프로드계의 잊혀진 빈티지 스타

지금은 기아자동차에 흡수되어 사라진 차량 생산 업체인 아시아자동차에서 1990년부터 1998년까지 생산한 소형 오프로드 차량입니다. 군용차를 기반으로 상용화된 정통 오프로드 차량인 록스타는 지금의 도심형 SUV와는 비교할 수 없는 험로 주행 성능을 보여줬죠. 거기다 경쟁 모델보다 가격이 저렴하기까지 해 당시 이목을 끌었습니다.

도시와 세단의 편안함에 중독된 사람은 록스타의 운전대를 잡는 순간 확실히 깨닫게 될 것입니다. 이 오프로드 차량은 인정사정없고 랠리에 적합하면서 인체 공학과 사용자 편의성 따위는 가볍게 무시하고 있다는 점을 말이죠. 웬만한 성인 남성도 돌리기 힘든 무자비한 무파워 핸들과 미지근한 에어컨은 덤이었습니다.

다만 편의성 하나만 포기한다면? 대신 감성과 자유를 택하는 거죠. 록스타를 타고 계곡과 산비탈을 넘나들며 느끼는 자유는 그 무엇과도 비교할 수 없으니까요. 책임감은 벗어 던지고 무모한 삶을 즐기는 사나이를 위한 차량입니다.

프라이드 1세대

첫 정은
자부심이다

1994 여름

7월 초인데 벌써 아스팔트가 끓기 시작하는 것 같다. 전국이 장마철인데, 서울 경기 일원엔 비 몇 방울 없고, 축축하기 이를 데 없는 폭염의 시작이었다.

"장마철에 폭염이라니. 장난하나? 정작 필요한 빗방울은 좀체 비칠 기미도 없고 말이야!"

아침부터 햇살이 뜨겁게 내리쬐는 공단길을 터덜터덜 걸어가던 태수는 회사가 가까워지자 고개를 들어 멀지 않은 해안도로를 응시했다. 그 도로 너머엔 송도갯벌이 있다. 철마다 거의 무한대의 동죽조개를 내어주고, 도로 위 자동차와 멀리 공단의 굴뚝에서 뿜어져 나오는 이산화탄소를 먹어주는 고마운 갯벌이지만, 언제까지 볼 수 있을

지는 아무도 몰랐다.

그 광대한 갯벌을 매립한다니. 그 위에 공단을 만들지, 도시를 만들지, 아직 시에서는 구체적인 계획안을 내놓지 않고 있었다. 매립에 대한 반대 여론도 꽤 있었다. 태수가 회사 앞에 도착했을 때 양변기와 소변기 등을 가득 실은 8톤 트럭 하나가 막 열린 정문 바리케이드 사이를 통과하고 있었다.

사무실 안이 어수선하다. 사람들이 일할 생각은 하지 않고, 여기저기서 웅성거릴 뿐이다. 태수도 예감한 상황이다. 이야기의 주제는 모두 지난밤 급사했다는 북한 김일성 주석의 사망 소식이었다. 전군엔 비상경계령이 내려져 있었다. 태수도 출근길 버스 안에서 신문 호외로 본 내용이었다. 아마 전국의 대중교통 출근길에서 앉은 자나 선 자나 모두 같은 기사를 읽었을 것이다.

"혹시 전쟁 나는 건 아니겠지?"
"전쟁은 무슨…… 저쪽은 지금 제정신이 아닐 텐데."
"전에 미국이 영변 핵시설을 선제공격한다는 말도 있지 않았어?"
"만에 하나 내부 반란이라면 심각한 건데. CIA도 지금 사실 확인하느라 정신없겠네, 흐흐."
"근데, 죽은 게 확실하긴 한 건가? 갑자기? 쟤들 발표를 믿을 수 있는 거야?"
"김태수 과장님, 전화 왔어요!"

항간에 돌던 소문과 온갖 추측을 내놓으면서 와자지껄한 와중에 경리과 여직원이 소리를 질렀다. 멀리 서울 강남역 근처의 차량정비소에서 월급 사장을 하던 막역한 선배의 전화였다.

"희소식. 문짝 둘 프라이드. 스틱, 1년 미만, 주행은 5천 킬로 남짓. 우리 고객이 맡긴 차인데, 사정이 있어서 팔려고 하네. 어제 엔진오일 갈면서 풀 체크했는데, 상태 완벽. 280만 원이면 만족한대. 어때?"

어쩌고 자시고 할 것 없었다. 비록 운전면허 딴 지 3개월밖에 안 됐지만, 태수에겐 차가 절박했다. 내근에서 벗어나 영업직으로 전환하려는 그에겐 필수였다. 게다가 둘째까지 생긴 그로서는 더 이상 차 구입을 미룰 수 없었다. 그 절박함을 알게 된 선배가 팔을 걷어붙이고 알아본 것이었다.

"여보, 우리한테는 언제 차 생겨?"

아버지를 찾아가는 신림동 고갯길을 오를 때마다 아내가 자주 내뱉던 하소연이었다. 둘이서 아이 하나씩을 들쳐 안고 기저귀 짐까지 지고 오르자니 겨울에도 땀이 흐를 지경이었다. 인천에서 출발해 버스, 지하철, 그리고 고갯길. 자신에게 욕하듯 결심하고 태수는 선배에게 조회를 부탁했었다.

다음날 오후 업무를 일찍 끝내고 태수는 강남역으로 향했다. 역에서 나오니 먼저 눈에 들어오는 것은 강남대로 맞은편 뉴욕제과 앞에 서 있는 젊은 친구들이었다. 10대나 20대로 보이는 그들은 그곳을 약속 장소로 잡고 친구들을 기다리고 있는 듯했는데, 하나같이 개성 만점의 옷차림과 헤어스타일을 하고 있었다.

걸음을 잠시 멈춘 태수는 실례를 무릅쓰고 그들 각각의 차림새를 호기심 가득한 눈으로 살폈다. 2, 3년 전부터 미디어에서 집중적으로 조명하고 있는 X세대였다. 자신을 표현하는 데 거침이 없는 최초의 세대, 그래서 신인류라 분류되는 친구들이었다. 남녀 따질 것 없이 키도 크고 다리도 길어 보였다.

여자들의 일부는 배꼽티를 입고 있었는데, 얼마 전 지방의 어느 유생이라는 사람이 배꼽티 복장이 전통적 가치관과 인륜을 훼손한다며 소를 제기했다는 기사를 떠올리며 태수는 쓴웃음을 지었다. 그의 눈에는 그저 자유롭고 시원시원하게만 보였다. 강남은 강남일세! 걷는 동안 그는 속으로 연신 감탄사를 내뱉었다.

눈 호강을 마치고 선배의 정비소로 들어서니, 사무실에 있던 선배가 춤추듯 손을 흔들며 마중 나왔다. 그러곤 정비소 한편에 얌전하게 주차된 차로 안내했다. 의심 가득한 눈길로 차 주위를 돌며 살폈지만, 흠집 하나 없는 순백의 프라이드, 백마였다. 사무실로 옮긴 태수는 서류에 서명한 후 선배가 보는 앞에서 차주에게 대금을 건넸다. 아무 대가도 없이 차를 중개해 준 선배가 무한정 고마울 따름이었다.

이튿날 차를 끌고 출근하자 직원들이 모두 고사를 지내야 한다고 요란이었다. 언제 준비했는지 동료 하나가 막걸리 통을 들고 나와, 보닛 위에 부으며 너스레를 떨었다.

"영업부로 온 걸 축하하네. 기념으로 내 거래처 하나 줄게. 그건 그렇고, 초보가 첫 차를 샀는데 고사도 안 지내고 몰면 사고 나는 겨. 빨리 절 해!"

차가 생긴 후 첫 토요일 오후 태수는 아내와 아이 둘을 태우고 드라이브를 나섰다. 아이들이 어려 멀리는 못 가고, 해안도로를 거쳐 월미도에 바람이나 쐬고 오자는 심산이었다. 태수보다 아내가 더 들떠 있었다.

한참 왕복 8차선의 해안도로를 신나게 달리고 있는데, 저 멀리서 경찰이 손짓을 했다. 손잡이를 열심히 돌려 차창을 내리고 영문을 몰라 하는 태수에게 경찰은 면허증을 보여 달란다.

"왜 그러시죠? 저는 80킬로로 달리고 있었는데요."
"선생님, 이 도로의 제한속도는 50킬로입니다."
"예? 아니, 시내 제한속도가 80인데, 이 너른 해안도로가 50이라고요?"

놀란 태수가 눈을 크게 뜨고 반문했지만, 돌아온 것은 권태가 기름기처럼 잔뜩 밴 목소리뿐이었다.

"많이들 모르고 계시죠."

태수가 운전하기 전엔 몰랐는데, 그곳은 교통경찰에겐 낚시터의 목 좋은 좌대와 같은 곳이었다. 물 돌아가는 자리에 대를 드리우고, 담배나 피우고 있으면 저절로 고기가 와서 미끼를 무는 곳.

영업사원에게 벌점 누적으로 나중에 면허정지라도 당하는 건 큰일 날 일. 어쩔 수 없이 면허증 밑에 지폐 한 장을 접어 넣은 상태로 건네주었다. 그런데 경찰은 면허증을 보다 말고 차 안을 둘러보는 게 아닌가. 뒷자리의 아내와 두 아이, 그리고 뒤창에 붙은 '초보운전'도 보았으리라. 그의 입에선 단물 빠진 껌 냄새가 진동했다.

"여긴 50킬로입니다. 알고 계십쇼."

그러곤 바로 면허증을 돌려주었다. 밑에 있던 만 원도 그대로였다. 태수가 잠시 멍한 표정으로 올려다보자, 경찰은 먼 도로 쪽을 응시하며 손바닥만 앞으로 휘휘 내저었다. 고맙다는 표시 후 출발하면서 한숨을 내쉬었는데, 아마도 프라이드 뒷좌석에 가족을 가득 싣고 가는 젊은 초보운전자가 꽤 안쓰러워 보였던 모양이다.

첫 차의 경험이 있는 사람이면 모두 같겠지만, 태수도 끔찍이 그의 애마를 돌봤다. 당시 다가구주택이 골목을 따라 늘어선 동네에 살았는데, 일요일 아침마다 그는 양동이에 물을 받아 3층의 집과 골목을 두 번씩 오르내렸다. 세제를 푼 물걸레질, 마른걸레질, 마지막으로 왁스를 칠한 후 광내기까지 끝내고 나면 반나절은 족히 지나 있었다.

　가끔은 아내가 두 아이를 데리고 내려오기도 했다. 작은 애는 포대기에 들쳐 업고, 아장아장 걷는 큰 애는 손을 잡은 채. 큰 애의 성화 때문이었다. 큰 아이는 자기도 세차에 껴달라고 보채기 일쑤였는데, 아빠가 안아 올려 보닛 위 걸레질이라도 하게 해주고 나서야 인상을 풀었다.

　어느 날엔가 골목 맞은편 2층에서 세차 중인 태수를 지켜보던 중년의 남자가 담배 연기를 뿜어내며 빙그레 웃었다. 그 사람은 속으로 분명 이렇게 말했을 것이다.

'암, 이해하고말고. 다 그럴 때가 있는 거!'

　못 해도 반년 정도 태수는 그렇게 정성을 쏟았다.
　태수의 일터는 건설회사에 타일과 변기나 세면대 등의 도기, 그리고 수전류를 납품하는 회사였는데 하루에 네다섯 회사나 현장을 방문하느라 인천의 구석구석을 누볐다. 현장이란 거의 다 아파트 건설 현장이거나 상가건물 신축 현장이었다. 때로는 지방에 있는 현장을 방문하기도 했다.
　경기도가 대부분이었지만 강원도, 경상도, 전라도에도 있었다. 지방 출장은 그에게 매번 여행자의 감성을 불어넣어 줬다. 그때마다 새벽 4시경부터 그의 길동무가 되어준 것은 두 문짝의 프라이드였다. 캄캄한 고속도로 위를 상향 전조등 하나에 의지해 내달릴 때면 말을

타고 전속 질주하는 영화의 한 장면을 떠올리곤 했다. '달려라, 두려움을 모르는 나의 백마여!'

고속도로에 과속 단속카메라가 없던 시절이라 마음이 급한 만큼 태수는 가속페달을 밟았다. 140km를 넘겨 차체가 공중에 뜨는 느낌이 들면, 그제야 페달에서 발을 떼곤 했다. 그때마다 그의 내면에서 메아리처럼 울리는 소리가 있었다.

'이러다가 큰일 치르지!'

해서 그는 가족을 위해서 1억 원짜리 운전자 생명보험을 두 개나 들었다.

지방 출장 중에서도 태수는 바닷가의 현장을 유독 좋아했다. 동해시의 현장이 그중 하나였다. 현장소장으로부터 긴급하게 소소한 추가물량을 보내달라는 연락이 왔는데, 원래 그 건설사를 담당하고 있던 부장이 연일 앓던 감기로 힘들어하는 내색을 보이자 태수는 날름 자신이 대신 가겠노라 자청했다. 그 현장소장이라는 사람도 인천의 본사에서 몇 번 안면을 익힌 사이라 서로 낯가릴 일도 없었다.

여느 때처럼 새벽 4시를 넘자마자 차의 시동을 걸었다. 전날 트렁크에 미리 실어둔 바닥타일 여섯 박스와 뒷좌석의 양변기 두 개 때문에 달리는 동안 차가 묵직하게 내려앉았다. 그 덕에 고속도로를 내달릴 때에는 중형차의 승차감이 느껴지기까지 했다. 그 쾌감을 즐기며 태수는 조용히 속삭였다.

"남들이 뭐라 해도 넌 내게 그랜저 이상이야!"

현장에 도착했을 때는 6시가 조금 넘어 있었다. 현장 입구에는 컨테이너 두 개를 이어 올린 사무실이 있었다. 늘 그렇듯 그 시간이면 인부들이 이미 현장으로 속속 스며든다. 차에서 물품들을 내려주고, 사무실에서 커피 한잔에 짧은 한담을 나누고 나면, 소장은 바로 현장을 둘러보러 나서야 한다. 그러면 태수도 자리에서 일어나 현장을 나선다. 짧으나마 비로소 자신의 시간을 가질 수 있는 것이다.

태수는 10분 정도를 운전해 묵호항으로 향했다. 선창가에는 고무함지마다 오징어들이 가득 들어 있었다. 목욕탕용 의자에 앉아 함지를 지키는 이들은 주로 나이 지긋한 할머니들이었는데, 부지런히 주변을 둘러보며 구경하는 사람들에게 눈짓을 하고 있었다. 빨리 살수록 싱싱한 법. 태수는 제일 먼저 시선을 마주친 할머니에게서 오징어를 구매했다. 함지 안에서 물을 쭉쭉 뿜어내던 놈들 스무 마리를 얼음 깔린 스티로폼 박스에 담았다. 풍어였는지, 거저다 싶은 가격이었.

오징어를 트렁크에 넣은 후 10분 남짓 항의 풍경을 감상한 태수는 출출한 속을 달래려 도열한 식당 중 제일 자그마한 곳의 문을 열고 들어섰다. 그러곤 자리에 앉기도 전에 물메기탕을 주문했다. 기다리면서 물 한 모금 삼킬 때쯤 주인으로 보이는 노인이 다가와 물었다.

"어디서 오셨는가?"
"인천입니다. 저기 동해시에 있는 거래처 현장에 온 길이죠."

"어이구, 서쪽 끝에서 왔구먼. 빗속에 새벽길 달렸겠네. 먹고살기 바쁘죠?"

"뭐 그리 바쁘진 않습니다. 그나저나 제가 한눈에 봐도 외지인인 모양이죠?"

노인은 살짝 눈웃음을 지었다가 이내 껄껄댔다.

"와이셔츠에 넥타이 동여맨 사람이 이 시간에 누가 있겠소, 허허!"

주방 쪽으로 돌아간 노인이 안에 대고 뭐라 말하더니, 잠시 후 계란프라이가 얹힌 접시를 태수의 앞에 내려놓았다. 노른자가 탱탱한 반숙이었다. 작지만 정감 있는 온대에 고맙다는 인사를 하기도 전에 노인은 등을 돌려 주방으로 향했다. 그런 풍경들이 태수가 지방 출장을 좋아했던 이유였다.

그날 오징어의 절반은 집으로, 나머지 반은 회사로 날랐다. 회사에서는 도착하자마자 손질하고 채를 썰어 직원들이 가벼운 낮술을 즐겼는데, 제일 반겼던 것은 창고 직원들이었다. 집에서는 베란다 빨랫줄에 널어 반건조 오징어로 만들었는데, 도시 어디에서도 접할 수 없는 맛이었다.

1997 여름

"으잉? 백 과장님, 이게 무슨 일입니까? 5개월이라니요!"

태수는 손에 들린 어음과 거래 건설사 자재과장의 얼굴을 번갈아 쳐다보았다. 늘 3개월짜리였던 어음이 5개월짜리로 변해 있는 것이었다. 아무리 지역 건설사라지만, 인천에서만큼은 1군 대접을 받는 회사였다. 갑자기 지급기한이 늘어난 어음에서는 비릿한 부도의 냄새가 풍긴다.

"미안하게 됐습니다, 김 과장님. 요즘 저희 회사도 자금 흐름이 예전 같지 않아요. 다들 비슷할 겁니다. 물론 우리 회사의 경우는 일시적이라 걱정할 필요 없어요."
"허, 이걸 우리 사장님에게 어떻게 보여드려야 할지……."

태수가 어음을 회사로 가져가 제출하자, 사장은 지난 두 달간 받았던 어음을 책상 위에 늘어놓으며 긴 숨을 내쉬었다. 모두 지급기한이 한 달, 혹은 두 달씩 늘어나 있었.

"김 과장, 자네가 봐도 심상치 않지?"
"예. 심지어 작은 액수 결제는 현금으로 하던 곳에서도 엊그제 3개월짜리 어음을 주던데요. 5백만 원도 안 되는 금액인데."

"어쨌든 더 늦지 않게 이거라도 받아오느라 수고했네."

어쩌면 연초부터 발생한 일련의 사건들이 그 모든 것을 예고하고 있었는지도 몰랐다. 1월에 한보철강이 부도나서 5조 원이 넘는 투자금의 향방이 오리무중이 되었다. 4월엔 재계 순위 16위였던 한보그룹 자체가 해체되었다. 여야를 막론하고 다수의 정치인들이 연루된 것으로 추정되는 대출 청탁 비리로 수사가 이어졌고, 모든 은행의 대출 조건이 엄격해졌다. 그 여파로 진로, 삼미, 대농 등 순위 낮은 그룹들이 줄줄이 쓰러졌다.

천장을 모르게 치솟던 부동산 경기가 꺾이자 관련 업체들이 타격을 입는 것은 자연적인 순환고리였다. 여름에 들어서는 1군인 한라건설이 해를 넘기지 못할 것이라는 예측이 지배적일 만큼 상황은 심각하게 돌아가고 있었다. 정부는 한국의 경제지표에 어떠한 위급 요소도 없다고 했지만, 그 말을 믿는 것은 순진한 국민일 뿐, 업계나 전문가들의 견해는 외환위기를 예고했다. 그리고 그 예측은 정확히 현실이 되었다.

실에 꿰인 폭죽처럼 부도는 연쇄적으로 부도를 유발한다. 그 고리 속에는 태수의 회사도 있었다. 납품받은 건설사들이 망하면 태수의 회사로부터 어음을 받고 제품을 납품했던 업체들까지 줄줄이 피해를 볼 수밖에 없었다. 게다가 그의 회사는 2년 전부터 새시 납품에도 뛰어들어, 연 50억이던 매출이 100억으로 늘어 있었다. 폭탄의 규모가 커지면 파이는 구덩이도 커지는 법이다. 결국 태수의 회사도 견디지 못하고 파산을 맞을 수밖에 없었다. 정부가 IMF의 차관을 받아들인

지 두 달쯤 지난 뒤였다.

직원들은 모두 뿔뿔이 헤어졌다. 일부는 대여섯 평짜리 사무실을 함께 얻어 울며 겨자 먹기로 개인사업을 시작했고, 일부는 다른 회사로 자리를 찾아 떠났다. 태수는 후자였는데, 다행히 실업 기간이 길지는 않아서, 한때는 회사의 거래처였던 인천 내 꽤 큰 위생기 생산업체의 영업과장으로 자리를 옮겼다.

새천년

21세기에 들어서고 일주일쯤 되었을까, 태수는 아내와 그간 훌쩍 큰 두 아들과 함께 정동진을 찾았다. 원래는 다른 이들처럼 새천년의 첫 해맞이를 하고 싶었으나, 구름떼처럼 모여들 사람과 차량이 무서워 조금 늦게 찾은 것이다. 일주일이나 지났음에도 정동진엔 해돋이를 보려는 사람들로 적지 않게 북적거렸다. 일찌감치 도착한 태수네는 철로 가까운 곳에 자리를 잡고, 아직 어두운 수평선을 마주할 수 있었다.

떠오르는 해를 마주하는 사람들의 얼굴은 남녀노소를 불문하고 각자의 희망으로 붉게 달아올랐다. 2년 넘게 대한민국이 견뎌야 했던 터널의 끝이 보이기 시작한 때이기도 했다. 그 깐깐한 IMF도 공식적으로 한국의 경제가 살아나기 시작했다고 발표했다. 해맞이를 마친 사람들은 서로 주변 사람들에게 희망의 덕담을 아낌없이 주고받았다.

정동진 여행은 태수와 백마의 마지막 여정이었다. 만남이 있으면 헤어짐도 있는 법. 긴 시간을 함께했다. 일터 오가는 길뿐 아니라 가족과의 여행길, 아버지 모시고 명절마다 다녔던 고향길까지 모든 여정을 함께 했다. 여름 장마 물 찬 길에서도, 한겨울 눈 쌓인 길에서도 잔고장 한번 없이 그의 곁에 있어 주었다.

정동진에서 출발하기 전, 시동 후에 살짝 떨고 있는 핸들을 태수는 몇 번이고 쓰다듬었다. 여행을 끝마치고 나면 다른 사람을 주인으로 맞을 오랜 친구에게 전하는 인사였다.

그동안 행복했고, 무사했고, 고마웠다, 친구야.

프라이드 1세대

"도시의 멋진 자부심, 프라이드"

'작지만 강렬한 첫사랑'
대한민국 소형차의 자부심

1987년부터 도로 위를 질주한 프라이드는 단순한 소형차가 아니라, 도로를 누비는 서민의 발이었습니다. 경쾌한 주행 성능과 뛰어난 연비로 소형차의 기준을 다시 썼죠. 이러한 범용성과 운전 편의성, 저렴한 유지비로 경차가 등장하기 전까지 엑셀이나 르망과 경쟁하며 큰 인기를 끌었고, 소비자의 마음을 사로잡았습니다.

지금 차들과 같은 편의 기능은 기대하기 힘들지만, 경쾌한 조향감과 다이렉트한 주행감은 당시 그 어떤 차에서도 느낄 수 없는 순수한 감동을 주었습니다. 이 차를 타고 90년대 도시의 골목을 달리던 당신의 모습을 회상해 보세요. 프라이드는 단순한 교통수단이 아니라, 열정과 자유를 추구하던 사람들의 첫 차이자 동반자였죠. 비록 준중형차와 경차 사이에 끼인 소형차의 인기가 사그라들며 지금은 단종되었지만, 첫사랑처럼 많은 사람들의 추억 속에 강렬하게 남아 있습니다.

T600

아버지의 상전

코스모스 피어 있는 정든 고향역
이쁜이 꽃분이 모두 나와 반겨주겠지.

한강에서 중랑천을 따라 북쪽으로 올라가다 보면 이문동의 끄트머리쯤, 정확히는 중랑천변에 연탄공장이 하나 있었다. 공장 밖에 늘 검은 탄이 산처럼 쌓여 있던 삼천리연탄. 당시 서울에 남은 유일한 연탄공장이라는 얘기를 들었는데, 아직도 연탄을 사용하는 집이나 가게들이 꽤 있던 모양이다.

돌아가신 아버지는 그 공장이 세워졌을 때부터 일하셨고, 그때 장남인 내가 서너 살쯤이었다고 했다. 중랑천 건너, 지금의 남양주 쪽으론 이문동보다 더 외진, 서울이라 하기엔 논과 밭이 수두룩한 동네 면목동이 있었다. 그곳이 우리 가족이 살던 동네였다. 대략 50여 년 전의 면목동은 버스가 다니는 큰길 말고는 비포장이 대부분이었다. 어린 시절의 기억이지만 실제로 동네의 절반은 논 벌판이었던 것 같다. 주택지에서 조금이라도 떨어진 집들의 앞엔 제법 너른 밭들이 펼쳐져 있어서, 얼핏 보면 시골이었다. 우리 가족이 처음 면목동으로 이사 와서 살던 집도 그랬다. 전통적인 'ㄱ'자 기와집에 대청마루가 있고, 앞에는 집주인의 문전옥답이 있었다. 우리는 그 집의 방 한 칸에서 사글세를 살았다.

논 벌판의 한가운데에는 한길이 넘는 큰 물웅덩이가 있었다. 농수용이었겠지만 혹여 사고라도 날까 봐, 어른들은 늘 아이들이 그곳에서 물놀이를 못하도록 단속을 했다. 그리고 농경지와 주택지 사이에는 폭이 2미터쯤 되는 작은 개천이 흐르고 있었다. 평상시엔 수량도 적고 사람들이 아무렇게나 버린 것들로 잡내나 풍기던 천이었다.

하지만 큰비가 와서 넘칠 듯 휘몰아치면 쓰레기와 냄새가 모두 사라졌다. 아마 중랑천으로 쏠려가서 결국엔 한강으로 흘러들었을 것이다. 그럴 때면 여지없이 나를 비롯한 동네 꼬마들이 몰려들었다. 그 물에 쏠려오는 자잘한 물고기들과 개구리를 잡기 위해서였다. 물놀이에 가까운 족대질이 끝나면 불을 피우고 석쇠를 올린다. 석쇠와 소금은 때마다 당번을 정했다.

물고기는 통째로 올리고, 개구리는 뒷다리만 뜯어낸 후 껍질을 벗겨 올린다. 짭조름한 소금기까지 얹은 구이들이 냄새를 풍기면, 동네를 돌아다니는 개 몇 마리가 슬금슬금 눈치를 보며 아이들 곁으로 다가선다. 손질하고 남은 개구리 몸통과 먹다 남기는 붕어 대가리 등을 아이들은 휙휙 던지고, 서로 먹겠다고 다투는 개들을 보며 깔깔댄다. 그 시절 서울 변두리 면목동 일상의 한 자락은 그랬다.

내가 국민학교 3, 4학년쯤이던 어느 날부턴가 아버지가 출근하지 않기 시작했다. 어린 나이에도 뭔가 잘못됐다고 느낀 나는 어머니에게 슬쩍 이유를 물어보았다. 아버지가 출근하지 않는데도 걱정하지 않는 어머니가 더 이상하기도 했다.

"어이구, 우리 장손이 걱정하세요? 지금 사업을 준비하고 계시니까 맘 놓으시게. 아버지가 면허만 따면 바로 시작한다고 했어."
"사업이요?"
"아무렴!"
"아버지가요?"

처음엔 이해가 가지 않았다. 그때만 해도 사업이라는 건 큰 부자들이나 하는 줄 알았기 때문이다. 전세살이에 월급날 신문지나 갱지에 둘둘 말린 전기구이통닭 한 마리를 품에 안고 귀가하는 것만으로도 뿌듯해하던 아버지가 사업이라니!
어느 날 집 앞에 아담한 차 한 대가 나타났다. 군데군데 긁히고 찌그러졌으나 얼마나 깨끗이 닦았는지 햇빛에 반짝이던 삼륜차였다. 그런데 내 눈엔 그 모양이 조금은 우스꽝스러워 보였다. 옆에서 보면 분명히 트럭인데 앞에서 보면 그 모양새가 괴이했다.

"아가리 벌린 메기 입천장에 바퀴가 하나 달렸네."

나도 모르게 중얼거린 말에 어머니가 깔깔대고 웃었다. 길 가다 어쩌다 보이면 친구들끼리 '삼발이'라고 놀리던 그 차였다.

득의만만한 표정으로 운전석에서 내린 이는 다름 아닌 아버지였다. 그렇게 시작한 아버지의 '사업'은 연탄 가게였다. 하지만 단순한 가게 정도는 아니었다. 당신의 전 직장이었던 공장에서 면목동과 상봉동 일대에 팔 수 있도록 좋은 가격에 연탄을 대주는, 지금으로 말하면 대리점급이었으니, 사업이라고 할 만도 했다. 우리 집에 전화가 들어온 것도 그 무렵이었다.

그렇게 시작한 아버지의 장사가 안정되는 데는 그리 오랜 시간이 걸리지 않았다. 배달이 없을 때면 차를 몰고 이 동네 저 동네를 돌며 가게를 알렸다. 당시엔 일반 주택뿐 아니라 모든 식당이나 철공소, 공장들까지 모두 연탄을 연료로 쓰던 시절이었다. 식당에선 한여름에도 연탄이 있어야 식객들에게 음식을 내어줄 수 있었다. 굽든, 찌든, 삶든.

겨울에 들어서면서 아버지는 토요일, 일요일 할 것 없이 일주일 내내 운전해야만 했다. 하루에도 몇 번씩 배달을 나가기 일쑤였고, 연탄공장이 밀린 주문 때문에 공급 일정을 못 맞추겠다 싶으면 아버지가 직접 공장으로 가서 연탄을 싣고 와 창고에 쌓아놓기도 했다.

겨드랑이에 땀 마를 틈 없이 바빴어도 아버지는 늘 싱글벙글했다. 그래서였을까, 동네 사람들이 소량으로 사 갈 때면 아버지는 우리 가게 리어카를 마음껏 사용하게 내어주었다.

양이 제법 되는, 그러니까 100장 이상 되는 배달에는 어머니가 동행

했다. 한 푼이라도 아끼기 위해서였다. 집까지 배달하고 쌓아주면, 연탄 하나에 다만 몇 원씩이라도 배달료를 받았기 때문에 일꾼 한몫이라도 하려 하셨다. 당시 연탄 한 장에 20원 정도 했던 걸로 기억하는데, 배달료로 몇 원을 더 얹든 사실 어머니의 품값도 안 나왔으리라.

"이놈이 우리 상전이여."
"왜요, 아버지?"
"우리를 밥 멕여주니 상전이지."

아버지는 연신 바퀴 셋 달린 '상전'을 쓰다듬었다. 연탄을 대주는 동네 중국집에서 우리 네 식구가 간만의 외식을 하고 난 후였다. 짬뽕에 곁들인 소주 한 병에 아버지는 넉넉하게 불콰해져 있었다. 실제로 아버지는 자신의 삼륜차를 상전 모시듯 했다.

시커먼 연탄을 싣고 다닌다고 사람들이 업신여길까 봐 일주일에 한 번은 물을 뿌려 깨끗하게 세차했고, 짐도 절대 무리하게 싣지 않았다. 짐칸 중량 500kg에 맞게 150장 이상은 절대 싣는 법이 없었다. 그 시절 널린 게 과적이었는데도 말이다. 욕심내다가 '상전'의 수명을 단축시킬까 봐 그랬을 것이고, 혹여 과적했다가 옆으로 자빠지기라도 한다면 그 손해가 녹록지 않아서였을 수도 있다.

사실 그 시절 삼륜차들은 운송 도중에 자빠지는 일이 심심찮았는데, 그게 다 튼튼한 엔진을 달고 있어도 어쩔 수 없는 앞바퀴 하나짜리의 비애였다. 또한 아버지는 술 마신 상태로 운전대를 잡는 일도 없었다. 술이 약한 편이기도 하셨다.

상전 덕에 밥 먹는다는 아버지의 말엔 한 올의 어긋남도 없었다. 우리의 생활은 해가 거듭될수록 나아져서, 통닭이든 짜장면이든 다 달이 두 번 이상씩은 먹을 수 있었다. 아버지가 삼천리연탄 직원이던 시절엔 꿈도 못 꿨던 호사다. 한 그릇에 250원 하는 짜장면을 4인 가족이 먹으면 연탄이 50장, 단칸방이라면 거의 한 달 치 분량이었다. 전기구이통닭 한 마리는 그보다 더했으니, 그 시절 서민들의 삶이라는 게……

"아, 아, 아버지!"

내 몸은 갑작스레 오른쪽으로 무너지고 있었고, 아버지는 내 머리를 향해 번개처럼 손을 뻗었다. 그 짧은 순간에 두 개의 생각이 머릿속을 스쳤다. 하나는 내가 죽거나 크게 다칠 수 있다는 것이고, 아버지는 괜찮으실까 하는 것이었다.

주변에서 심심찮게 일어나는 일이 우리에게도 생겼다. 초등학교 6학년 겨울이었지 싶다. 아버지가 용마산 기슭의 한 주택으로 연탄배달을 간 날이었다. 어머니가 감기에 걸려, 내가 대신 가겠다고 나섰다. 짐칸에 가득 실어야 할 양이었다. 나도 한 사람 몫을 하겠다고 했고, 아버지도 대견하다며 받아주었다.

그 동네는 야트막한 언덕배기였는데, 전날 내린 눈이 덜 녹았지만, 골목마다 연탄재들을 흩뿌려놓은 덕택에 오르막도 어렵지 않았고,

별 탈 없이 배달을 마친 후 내려오던 길이었다. "코스모스으 피어 있는 정드은 고햐아앙역." 운전대를 잡은 아버지는 애창곡인 나훈아의 노래를 흥얼거리셨다.

"어이 장손, 어른 한 사람 몫 했으니, 오늘 통닭 한 마리 할까?"

너무 흥이 돋아서 방심하셨을까. 내리막길 동네 삼거리에서 우회전하기 위해 아버지가 핸들을 꺾었을 때, 차가 통째로 기울었다. 질끈 감았던 눈을 떠보니 창백한 아버지의 얼굴이 웃음 짓고 있었다.

"괜찮아. 괜찮을 거야."

내 머리와 조수석 창 사이에 무언가 있었다. 아버지의 손이었다. 마냥 착한 아버지가 그리 손 빠른 줄 처음 알았다.

상처 하나 없던 나와는 달리 아버지는 갈비뼈를 다치셨다. 어디에 부딪혔는지는 당신도 모른다, 하셨다. 그해 겨우내 아버지는 그 통증을 벗지 못했다.

면목동에는 국민주택단지가 있었다. 어머니는 그 단지를 그리도 탐했다. 작은 마당과 울타리가 있고, 놀랍게도 화장실이 집 안에 있는 주택. 그 정도면 남부럽지 않은 내 집 마련의 꿈 아닌가. 그곳에 배달을 다녀온 날이면 어머니는 유달리 깊은 한숨을 내쉬곤 했는데, 얼마나 부러움이 컸으면 그랬겠는가.

"선중아, 너는 꼭 대학을 가야 한다."

5학년이 막 되었던 3월의 어느 날, 저녁밥을 드시다 말고 아버지가 뜬금없이 내게 말했다. 말씀은 뜬금없는데, 불같던 당신의 두 눈은 아직도 잊을 수가 없다. 그날 어머니와 같이 국민주택단지에 배달을 다녀오신 후였는데, 역시나 시무룩해진 어머니의 한숨을 눈치챈 아버지는 가게에 가서 소주 한 병을 사 들고 오셨다. 그러곤 고추장으로 밥을 비볐다. 집에서 술을 하실 때면 아버지는 늘 고추장에 뻘겋게 비빈 밥을 안주로 삼으셨다.

"저는 공부가 별론데요."

솔직한 말이었다. 학교 끝나면 늘 친구들과 비석도 치고, 너덜너덜한 공도 차느라 피부는 연중 내내 까무잡잡했다. 하지만 노려보는 아버지 앞에서 난 금세 목을 움츠렸다.

"아들아, 너는 대학을 가야만 해. 애비는 아무리 돈을 잘 벌어도 배운 것 없는 데다, 늘 시커먼 탄가루를 뒤집어쓰고 사는 사람이라 사람들에게 인정을 못 받는다. 하지만 내 자식들은 달라. 나는 너뿐 아니라 선미도 꼭 대학을 보낼 거다. 그러려면 어떻게 해야겠니? 공부를 열심히 해야지!"

순간 아버지의 눈에서 핏기뿐 아니라 물기도 본 것 같다. 옆에서 밥 먹던 여동생은 대학 보내준다는 아버지 말에 너무 신나 엉덩이가 들썩들썩했다.

"회사원이든 선생이든 공무원이든 너는 하얀 와이셔츠에 넥타이 매고 살아야 한다. 내 말 알겠지?"

나는 슬쩍 어머니의 눈치를 살폈다. 혹시 며칠 전 있었던 일을 아버지에게 일러바치셨나? 하지만 묵묵히 밥숟갈만 뜨는 어머니에게선 어떤 기색도 느껴지지 않았다.

방과 후에 학교 운동장에서 반 친구들과 공을 차다가 싸움이 벌어졌다. 반에서 제일 덩치가 좋은 녀석이 고의적으로 부딪혀 깡마른 내가 나가떨어졌는데, 도리어 적반하장으로 녀석이 내게 욕을 한 게 싸움의 시작이었다. 어릴 적 사내놈들 사이에서 일상다반사로 벌어질 수 있는 그런 다툼일 뿐이었다. 그런데 그 와중에 녀석이 뱉어낸 한마디가 나를 얼어붙게 만들었다.

"야, 이 연탄집 깜장 새끼야!"

그 말을 듣자마자 주먹을 쥐고 부르르 떨었더니, 친구들이 우리를 갈라놓고 말리기 시작했다. 하마터면 나도 녀석에게 대거리를 할 뻔했지만, 꾹 참고 말았다. 날일을 다니던 녀석의 아버지는 돈을 버는

족족 술독에 빠트리고, 취중에 툭하면 식구들에게 손찌검해서 동네에 소문이 자자한 사람이었다. 어머니가 그 집 아주머니에게 외상 연탄을 준 적도 한두 번이 아니었다.

한 가지 종내 이해가 되지 않았던 점이 있었다. 아버지가 연탄공장을 다녔을 때는 그런 소리를 들어본 적이 없었다. 그런데 왜 자기 가게를 갖고 자기 차도 몰며 돈 잘 버는 사장이 되어서 그런 서러운 말을 들어야 했는지 이해할 수 없어, 어머니에게 하소연했던 기억이 있다.

하여튼 아버지의 대학 타령을 듣고 나서, 나는 실제로 공부하기 시작했다. 아버지의 당근이 효력이 있던 것일까. 아니면 어머니의 변죽이 더 실감 나서였을까.

"한번 시도해 봐. 네 통지표에 '수'가 하나 추가될 때마다 용돈 준다. 어때?"

"이 양반이, 애 버릇 나빠지게. 학생이 공부하는 게 뭔 자랑할 일이라고! 아버지가 네게 주는 용돈 중에 절반은 네 통장에 엄마가 저금할 테니 그리 알아. 너 중학교 갈 때 찾아줄게."

공부라는 게 참 묘했다. 어쩌면 나는 공부가 체질에 맞았는지도 모른다. 하여간 시험을 볼 때마다 성적이 쭉쭉 오르는 게 아닌가. 친구들도 담임선생도 모두 신기해했다. 사실 제일 신기해한 것은 나 자신이었다.

언제부턴가 아버지의 용돈은 내 관심 밖이었다. 난 그저 성적 올리는 재미에 빠져 있었다. 당시엔 매월 시험을 보았는데, 5학년이 끝나갈 즈음 내 통지표엔 미술을 제외하곤 모조리 '수'로 채워졌다. 시험지 위에 매겨지는 점수는 웬만하면 100점이었다. 한 반에 70명이 넘던 시절, 1등의 맛은 꼬마에게도 달콤하기 그지없었나 보다. 6학년부터는 성적이나 등수 떨어지는 게 싫어서 더 심하게 나를 다그쳤다. 그리고 친구들과 어떤 다툼이 생겨도 그날과 같은 험한 말을 다시는 들어보지 못했다.

내가 중학 1학년을 마칠 무렵 주택단지를 향한 어머니의 꿈은 현실이 되었다. 울타리와 마당이 있고, 집 안에 화장실이 있는, 그리고 연탄을 수백 장 저장해놓을 지하실이 있는 꿈의 집. 그 꿈을 위해 가을부터 봄까지는 연탄배달, 봄부터 가을까지는 작은 이삿짐을 비롯한 온갖 짐을 나르며 아버지는 쉴 겨를 없이 '상전'을 모셨다.

상전의 수명이 다한 후에도 계속된 아버지의 운전은 나와 여동생에게 대학 졸업장을 쥐어주었다. 그리고 내가 자식을 키워 대학에 보낼 즈음, 이젠 내가 부모 곁을 지켜야겠다고 다짐할 즈음, 아버지는 내게 곁을 주지 않고 떠나셨다. 창밖엔 함박눈이 소리도 없이 포옥포옥 쌓이고 있다.

코스모스 피어 있는 정든 고향역
이쁜이 꽃분이 모두 나와 반겨 주겠지….

술 한잔 맞이할 때마다 흥얼거리던 아버지의 노랫가락이 오늘따라 사무치게 그립다.

T600

"최소한의 자금으로 최대한의 수양"

물류와 배달 산업의 초기 주역

1960년대 기아산업(현 기아자동차)이 일본의 마쓰다자동차와의 기술제휴를 통해 제작한 삼륜차입니다. 1970년대 초반까지 판매된 이 차는 당시 한국 경제 성장기와 맞물려 운송 수단으로 큰 역할을 했습니다. '삼발이'라고도 불린 이 차는 기본적으로 화물 운송을 위해 설계되었고, 차량 가격도 저렴하고 유지비도 합리적이었기 때문에 연탄 배달업자 등 소상공인들에게 큰 인기를 끌었죠. 그러나 구조상 안정성이 떨어져 전복 사고가 빈번했고, 결국 안전성 문제로 사륜차에 밀리며 1970년대 중반부터 서서히 자취를 감췄습니다.

2부

올 뉴 투싼

Life Goes On

    연후 씨가 그 친구들을 처음 본 것은 2017년 가을의 어느 일요일이었다. 그날을 기억하는 건 첫인상이 강했던 것도 있지만, 그가 집에서 TV를 마주하고 있을 수 있는 유일한 요일이었기 때문이다.
    연후 씨는 주방에서 저녁밥을 준비하고 있었다. 그건 일요일 저녁에 그 자신에게 강제한 일상이었다. 맨날 식당 고객들을 위해서만 음식을 준비하는 그가 일주일에 단 한 번만큼은 가족을 위해 꼭 준비하는 끼니였다. 무얼 만드는 중이었는지 기억은 나지 않으나 딸들이 워낙 좋아하던 골뱅이소면 아니었을까.
    거실 소파 앞에 주저앉은 두 딸이 술렁이는가 싶더니 그것도 잠시, 이내 TV 속으로 빨려든 듯 적막이 이어졌다. 그러다가도 수시로 터질 듯 비명을 질러댔다. 도대체 음악방송에 어떤 놈들이 나왔기에 물 밖으로 솟는 물고기처럼 저리 팔딱대는지. 고1과 중2의 딸들은 TV

속 방청객 소녀들과 혼연일체였다.

"저 친구들은 누구야?"

궁금함을 이기지 못한 연후 씨가 행군 면을 체에 받치자 마자 딸들 뒤로 가 물었다. 화면 속에서는 꽤 반항기 있어 보이는 친구가 손에 든 마이크를 무대 위에 툭 던지고 무심한 듯 뒤돌아가고 있었다.

"흠, 멋있네!"

일곱 청년들의 등짝을 보면서 그는 자신도 모르게 중얼거렸다.

"헐! 울 아빠 BTS를 모른다!"

막내가 아빠를 향해 한마디 던지고 나서, 고개를 팽 돌려 다시 TV 속에 빠져들었다. 그 모양새가 얄밉기도 하고 귀엽기도 해서 뒤통수에 꿀밤을 한 대 먹일까, 연후 씨는 순간 고민했다.

"아빠가 애지중지하는 투싼이를 타고 할머니 집에 갈 때마다 우리 핸드폰에서 나온 노래들이 다 쟤네들 건데!"
"아빠가 쟤들을 어떻게 알겠슈? 아침 10시에 식당 가서 밤 12시가 넘어 집에 들어오는데. 게다가 우리 식당엔 TV도 없쥬~."

"이런 배은망덕한 놈들 멕일려고 내가 계속 밥을 해야 하나?"

언제부턴가 딸내미들한테도 말로는 이기지 못한다. 마누라와 딸 둘. XX 염색체의 교묘한 언어능력에 연후 씨가 기를 펴지 못한 지 꽤 됐다. 가끔은 아들 키우는 친구들이 부러울 때가 있었다. 말로 하면 늘 이긴단다.

아이들은 뒤도 안 돌아보고 화면 속 사내애들에게만 정신이 팔려 있었다. 딸들의 마음을 훔쳐간 녀석들에게 연후 씨가 질투를 느낀 것도 잠시. 그 후로도 오랫동안 그 친구들은 그의 관심 영역 밖에 머물러 있었다.

인천시청에서의 공무원을 그만두고 작은 식당을 시작할 때 연후 씨는 사십이 넘어 있었다. 시청에서 연후 씨의 주 업무는 지역의 일명 시민단체들의 연간 예산을 교부하고, 예산이 적정하게 집행되었는지를 감독하는 것이었다. 그 예산이 단체의 연간 운영비일 수도 있었고, 공공사업 형식의 기획예산일 때도 있었다.

물론 연후 씨는 그 예산 확정의 결재권자도 아니었고, 감사 후 부실하다 한들 폐기의 결정을 할 수 있는 것도 아니었다. 그저 연수 꽉 찬 계장으로서 말단 결재란에 흔적을 남기는 존재에 불과했다. 중간에 최소 두 번씩은 해당 단체를 방문하는데, 의례적인 인사치레 그 이상도 이하도 아니었다. 최소한 연후 씨에게는 그랬다. 아마도 그는 공무원의 자질과는 근본적으로 맞지 않는 사람이었는지도 몰랐다.

시장이 바뀌면 단체의 분포도 바뀐다. 정치적 성향과 무관하게 대부분은 회계의 개념이 약했다. 본의든 아니든. 그런데 제출되는 장부의 모든 결함은 공무원인 자신이 찾아내야만 했다. 오류를 지적하고 수정을 요청하고, 또다시 검토 후 씨름하는 모든 과정을 반복하는 일상이었다.

정치적 성향과 무관하게 연후 씨에게는 엑셀 상의 장부만이라도 결함 없이 매조지 해주는 단체가 그저 고마웠을 정도였다. 그 단체가 눈먼 세금 빨아먹는 집단이든, 뭐라도 지역에 참신한 진보를 가져오려는 우직한 단체이든 관계없었다. 연후 씨의 무기력증은 내면의 바닥까지 잠식하고 있었다.

어느 날부터인가 연후 씨는 시청 사무실의 구석에서 까맣게 말라 시들어가는 자신의 모습을 상상했다. 실제로 사십을 갓 넘겼을 때는 체중도 줄어들어 인근 길병원에서 당뇨 검사를 했을 정도였다. 그러다 답답함을 넘어 과호흡 증세를 빈번하게 느꼈을 때, 그는 미련 없이 퇴직을 밀어붙였다.

철밥통을 내려놓고 창업한다고 했을 때 주변 사람들은 대부분 가능하다면 말리고 싶다고 했다. 먹는장사 망하지 않는다는 말은 옛날 얘기라고. 하지만 아내만큼은 달랐다.

"최근 일이 년 동안 자기는 생기를 완전히 잃었어. 나도 어쩔 수 없을 만큼 시체 같았어. 난 시체와 같이 살긴 싫거든. 그러니 너어무 걱정이 되지만 지지할게. 대신 조건이 있어. 나랑 같이해!"

2시까지 점심 손님을 치르고, 5시까지의 브레이크타임에 저녁거리를 함께 준비하고 나서 아내는 집으로 갔다. 얼마 지나지 않아 막내가 중학교에 들어간 후에는 아예 문 닫을 때까지 식당을 지켰다. 그런 아내 덕분에 보조직원 없이도 식당 운영이 가능해졌다. 고맙게도 아이들은 먹고 치우는 것, 학교와 학원의 과제까지 스스로 잘해주었다.
　주변의 걱정에도 식당은 예상보다 일찍 자리를 잡았다. 연수동의 대동월드 주변엔 작은 먹자골목이 있다. 연후 씨의 식당은 차도에서 한 칸 뒤로 빠진 골목에 있는데, 임대료가 싼 대신 다소 외졌다. 하지만 멀지 않은 거리에 구청과 경찰서가 있었다. 무엇보다 그 구역에 주꾸미 집은 '연후네'밖에 없었다.
　청양읍에서 칠갑산자락으로 쑥 들어가면 연중 내내 볕을 받는 마을이 있다. 사뿐사뿐 걸어서 30분이면 저수지에서 자맥질도 할 수 있는 그곳이 연후 씨의 고향이다. 그곳에서 어머니와 형 내외가 농사를 짓는다. 가족의 고향이자 식당의 비밀병기인 매운 고춧가루와 고추청의 본가이기도 하다.
　어머니의 광에는 작물뿐 아니라 종자가 있고, 장과 젓갈, 그리고 청과 가루들까지 없는 것 빼곤 다 있었다. 아버지가 젊은 시절 집 바로 뒤의 언덕을 파내어 만든 그 광은 이제 멀리 사는 자손까지 먹여 살리는 보급창고였다. 그 광을 지키는 장군은 아직도 기운 넘치는 어머니다. 지금도 연후 씨는 두 달에 한 번씩은 그 광을 찾는다.
　고향길을 갈 때마다 그를 태우고 가는 건 투싼이다. 장사를 시작하면서 새로 바꾼 차였다. 수시로 장을 봐야 하기도 하고, 고향의 광을 다녀올 때마다 실어야 할 짐들이 적지 않아 승용차를 팔고 장만한 것이었다. 오래전 회사를 퇴직했던 아내가 꿍쳐뒀던 자신의 퇴직금을 선뜻 내놔준 덕이었다.

많은 SUV 중에서도 투싼을 선택하게 한 주범은 강렬했던 기억의 도시, 투싼이었다. 솔직히 가격이나 기능은 다 거기서 거기 아니던가. 어쨌거나 승차감, 주행 중 실내 정숙도 등 어느 것 하나 만족스럽지 않은 것이 없었다. 2016년엔 자동차 전문 국제 기자들이 뽑는 '세계 올해의 차' 후보에 오르기도 했다. 비록 수상엔 실패했지만, 은근히 어깨에 힘이 들어갔던 소식이었다.

다음 해엔 연초부터 대규모 리콜 사태가 발생해서 연후 씨의 가슴이 크게 출렁였다. 그의 투싼 TL도 리콜 대상 차량이었는데, 뒷바퀴 완충장치의 결함 때문이라고 했다. 하지만 주행 중 소음이 없었고, 브레이크를 밟을 때 차가 쏠리는 증세도 전혀 없어서 연후 씨는 어떤 조치도 취하지 않았다. 당시 장사하느라 바쁜 그에게 차를 서비스센터에 맡겨놓는다는 일 자체가 상상하기 어려웠는데, 운도 좋은 격이었다.

"그래, 바로 너야!"

미국 애리조나의 사막지대를 달리는 투싼의 광고를 보자마자 한눈에 반한 연후 씨의 머릿속을 스친 건 2001년 가을 투싼에서의 기억이었다. 사막의 붉은 바위산들과 건조한 바람. 그리고 그 속에서 말 달리던 인디언들에 대한 상상.

애리조나주 피닉스에는 젊은 시절부터 태권도장을 운영하는 처삼촌이 있었다. 원래는 한국에서 건너간 파견 사범이었는데, 제자인 애리조나 아가씨와 사랑에 빠져 그곳에 정착했다. 연후 씨가 만났을 때는 큰 규모의 도장을 두 개나 운영하고 있었다. 부득이한 사정으로 조카의 결혼식에 오지 못했던 삼촌이 뒤늦은 결혼선물로 부부의 왕복 항공권을 보내주었는데, 당시 연후 씨의 아내 뱃속에는 6개월 된 큰애가 있었다. 교통과 숙박비 걱정을 줄인 일주일간의 미국 여행은 횡재와 같았다.

피닉스에서 차로 2시간 정도 멕시코 쪽으로 달리면 나오는 투싼의 애리조나대학에 처삼촌의 아들이자 아내의 사촌 동생이 다니고 있었다. 가족 상봉과 관광을 겸해서 그곳에서 2박 3일을 머물렀다. 그런데 유명한 비행기무덤을 제외하면 시내에선 볼거리가 별로 없었다. 볼거리보다 오히려 먹을거리가 더 많았다.

그런 연유로 삼촌의 차는 주로 시 주변의 사막지대와 두세 곳의 국립공원과 전망대, 그리고 인디언과 서부 총잡이들의 흔적지 등으로 이어졌다. 붉고 메마른 산과 거대한 선인장에 경례! 사륜구동 6기통이었던 삼촌의 체로키는 투싼 주변의 모든 길을 거침없이 질주했다. 투싼 구매 결정은 그때부터 시작된 SUV에 대한 로망과 투싼의 기억이 만들어낸 합작품이었다.

연후 씨가 BTS라는 친구들에게 관심을 갖게 된 건 청년이 마이크를 던졌던 그날로부터 3년이나 더 지난 뒤였다. 물론 그동안 그들의 인기가 얼마나 치솟았는지 정도는 알고 있었다. 모두 '아미'인 딸들이 알려준 덕이었다. 어느 날은 막내가 가족 카톡방에 동영상 하나를 올렸는데, 열어보니 검은 양복의 잘생긴 청년이 UN에서 연설을 하고 있었다. 하지만 먹고살기 바쁜 연우 씨에게는 시큰둥한 해프닝에 불과했다. 수백 건에 달하는 UN연설 중 하나에 불과할 테니까.

그러나 어느 날, 모든 뉴스가 그 친구들로 도배되었다. 공중파든 포털이든 대문짝만하게 장식한 것은 빌보드 정상이라는 기사였다. 믿기 힘든 사실이었다. 싸이가 강남스타일로 전 세계를 뒤흔들어놨을 때도 이루지 못했던 것을? 사실이라면, 어렸을 적부터 서양의 록과 알앤비에 경외감을 갖고 있던 연후 씨에겐 가슴 벅찰 일이지만, 당시 세상은 그 감회를 느낄 경황이 없을 만큼 초유의 재난에 뒤집어져 있었다.

지구가 통째로 코로나바이러스의 수렁에 빠져 허우적대고 있었고, 연후 씨 같은 자영업자들은 그 소용돌이의 한복판에서 뱅글뱅글 돌고 있었다. 헤어나려 발버둥을 치지만, 하나둘 빨려드는 것을 바라볼 수밖에 없는 형국이었다. 12시에 문을 닫던 가게들이 9시, 10시면 불을 꺼야 했고, 밤거리는 적막하기 그지없었다. 그나마 연후 씨의 가게는 테이크아웃으로라도 찾는 단골들 덕에 숨은 쉬고 있었다.

가게의 셔터를 내릴 시간이 되면 사장들이 문 앞에 의자를 하나씩 내놓고 앉았다. 오가는 사람들은 모두 귀가를 서두를 뿐 더 이상 들러 줄 손님이 아니라는 것은 모두 알고 있었다. 문을 닫기 전 모두 약간의 거리를 유지한 채 두런두런 이야기들로 하루를 마무리했다. 모두 마스크를 착용한 탓에 귀를 쫑긋해야 서로의 이야기를 알아들을 수 있었다.

"도대체 이 터널의 끝은 언제쯤일까? 미국은 사망자만 오십만이 넘었던데."
"우리 블록 끝의 곱창집 폐업한답니다. 건물주한텐 벌써 통보했대요."
"이 시국에 누가 새로 들어오겠수? 권리금은커녕 인테리어 비용도 다 날리겠구먼."
"씨부럴 놈의 중국!"

예전엔 인근 사장들이 서로의 가게를 돌아가며 한잔 술을 기울이는 것이 지친 밤을 풀어내는 묘약이었지만, 당시엔 언감생심 꿈도 못 꿀 일이었다. 혹시 모를 전염의 공포는 모두의 발목에 단단히 채워져 있는 덫이었다.

"친구야, BTS가 빌보드 핫백차트 1위를 했다던데, 진짜 미국에서 그만큼 인기가 있는 거야?"

어느 날 궁금증을 못 이긴 연후 씨는 댈러스에 사는 대학 동창을 소환했다. 그것 또한 팬데믹이 준 '빌어먹을' 한가함 덕이었다.
"말도 마라. 여기 텍사스는 전통적으로 보수적인 지역이잖아. 그런데 언제부턴가 댈러스 시내를 지나다 보면 블랙핑크나 BTS 노래가 심심찮게 들려. 상점들이 틀어놓는다는 거지. 한인 상가들이 있는 곳은 말할 것도 없고. 요즘 우리 애들은 한국인이라는 이유로 학교에서 인기 짱이야. 상전벽해! 여기 처음 왔을 때는 상상도 못 할 일이 벌어지고 있는 거지."

"우리 딸들 말로는 나이 먹은 팬들도 많다던데, 사실이야?"

"자식 때문에 부모가 바뀌는 거랄까? 나이 먹은 아미들 많다. 하긴 나만 해도 그 친구들 팬이 됐으니까. 다이너마이트 직전까지 1위를 하던 노래가 있어. 카디비라는 흑인 여자가수가 부른 랩송, 왭이라고."

"왭? 망이나 네트워크의 그 웹?"

"아니. 더블유 에이 피. 약자인데 어떤 단어의 약자인지, 어떤 내용인지는 차마 내 입으로 말 못하겠다. 일단 그 뮤직비디오를 한번 봐. 자막을 켜야 이해가 될 거야, 랩이라. 아마 질겁할 걸. 그리고 그 노래가 라디오에서도 막 나온다고 생각해봐. 하여간 내 주변의 애 키우는 부모나 노인들은 대부분 고개를 절레절레 흔들었으니까. 늙은이들은 툭하면 말세 타령이었어. 그런데 또 한편의 애들이 환장하는 한국의 보이그룹 노래가 1위에 등극했는데, 그 내용이 하늘과 땅 차이인 거라. 소돔과 고모라에서 천국으로 향하는 한 줄기 빛을 본 셈이야. 어제는 백인 할마씨가 동네에서 날 보더니 퍼플 유라고 하더라. 마이 갓!"

"그건 또 무슨 말이야?"

"하하, 알아봐. 난 지금 나가야 돼. 아무 검색창에나 퍼플 유를 치면 나올 거야. 구글에서 영어로 쳐도 나온다고. 보라나 자주의 퍼플

에다 유를 치면 돼."

얌마, 네 꿈은 뭐네!

불만스러운 표정으로 유튜브를 시청하던 연후 씨는 급히 화면을 정지시켰다. 눈도 몇 번 끔벅였다. 동공이 꽉 찰 정도로 확장된다. '잘못 들었나?' 두어 번 다시 들어 본 연후 씨는 이번엔 뒷목을 지그시 눌렀다. '내가 뭔가 큰 오해를 한 겨.'

친구와의 대화를 끝내고 연후 씨가 찾아본 것은 BTS의 「Dynamite」나 카디비의 「WAP」도 아니었다. 밤늦은 시간에 혹여 가족들 깰세라 이어폰을 꽂은 채 조용히 유튜브에서 찾은 것은 BTS의 데뷔곡 뮤직비디오였다. 자신의 딸들을 비롯한 많은 청춘들의 영혼을 훔쳐간 녀석들의 출발점이 너무 궁금했기 때문이다.

하지만 영상의 초반부터 연후 씨는 인상을 찌푸린 채 고개를 갸웃거렸다. 웬 미국 스쿨버스? 게다가 예쁘고 순하게만 생긴 애들이 불량한 척 삐딱한 고갯짓을 하고 있지 않은가. 애들의 유치한 힙합놀이? 부모 욕하고, 학교 욕하고, 사회 욕하고, 정치 씹고…… 나는 잘났고, 내 멋대로 살면 되고…….

'뭐야, 겨우 이거야?'

연후 씨가 갖고 있던 힙합과 랩에 대한 선입견이 머릿속에 안개처럼 깔리고 있었다. 깍둑머리의 첫 소질이 터져 나오기 전까지는. 그

땐 알지 못했다. 그 깍둑머리가 그룹의 리더이며, 후에 UN에서 연설하던 검은 정장의 훤칠한 청년이라는 사실을.

숨죽인 채 끝까지 보고, 가사 확인하느라 다른 클립도 보고, 애들 얼굴이 너무 고운 게 신기해서 또 보고, 딸 얘기가 기억나서 UN연설도 찾아보고, 퍼플 유도 검색하고……. 노래 한 곡을 다 구경했을 때 연후 씨는 진이 다 빠져 있었다.

주변과 기성의 것들을 씹어대는 대신에 동세대들에게 자신의 존재를 먼저 찾자고, 입보다 가슴을 크게 벌리자고 절규하는 것처럼 들렸다. 연후 씨가 더 놀랐던 것은 그런 직설적인 지적을 동세대가 흔쾌히 받아들였다는 점이었다. 둔기로 머리를 세게 맞은 느낌이었다.

'내가 내 새끼와 그 세대에 대해 전혀 모르고 있었네!'

그 깨달음의 순간에 연후 씨는 지난해 여름 BTS의 공연을 본다고 광주를 다녀왔던 막내딸을 퍼뜩 떠올렸다. 세계수영대회의 성공을 기원하는 행사라나 뭐라나. 연후 씨는 열린 줄도 모르고 있던 대회였다. 막내는 우격다짐으로 식당 일 돕겠다고 거의 일주일 동안 알바비를 듬뿍 뜯어갔었다. 하지만 금세 흘려버린 기억이었다.

"아미 친구 집에서 자고, 아침부터 공연장 앞에서 줄 섰겠네?"

"공연장 줄은 나중이었어, 아빠. 아침엔 5.18 민주 묘역에 들러서 참배 먼저 했걸랑요."

"엥, 오일팔?"

"응, 오일팔. 공연 보러 온 외국 아미들도 전부 들렀다 갔어. 많이도 왔던데. 아빠, 놀랄 것 없어. 아미라면 기본인걸! 아빠는 언제 다녀왔어?"

"응?"

"자, 칠갑산으로 출발! 할머니 기다리시겠다."

또 3년여의 시간이 흘렀다. 막내가 어느새 대학 2학년이고, 큰 애는 직장인이 되어 있었다. 팬데믹의 장막이 걷힌 거리와 상점들엔 코로나 이전만큼은 아니더라도 다시 사람들이 어울려 다니고 있었다. 설 귀향길의 혼잡을 염려해 연후 씨의 가족들은 새벽을 열었다.

시나브로 오십 줄에 들어선 연후 씨는 딸들의 표현에 의하면 '틈틈이 아미'가 되어 있었다. 그리고 한 살 연상의 아내는 지독한 갱년기를 통과하고 있는 중인데, 가게 일로 겨우 버텨내고 있었다. 일부러 손님들에게 말도 열심히 섞는다. 그리고 집에서는 수많은 BTS의 영상들이 치료제가 되어주고 있었는데, 딸들과 연후 씨가 열심히 거든 덕이었다.

가게 일을 끝내고 집에 오면, 아내는 한겨울에도 몸 전체에 퍼지는 화기를 견디지 못했다. 샤워하고 나서도 방안에 들어와서는 창문을 열었다가, 몸이 식어 한기를 느끼면 창을 닫고, 자려고 누웠다가도 다시 벌떡 일어나 창문을 열고······. 그 과정을 네댓 번은 반복하고 나서야 간신히 잠이 들었다.

조금이라도 심적으로 도움이 될까 싶어 젊은 날처럼 팔베개라도 해줄라치면, 아내는 진저리를 쳤다. 남편의 몸에서 뿜어져 나오는 열기가 그녀를 화들짝 놀라게 했기 때문이었다.

그렇게 힘들어하는 엄마를 딸들도 차마 모르는 체할 수는 없었나 보다. 어느 날 막내가 손에 진갈색의 모조 불상을 들고 안방에 들어왔다. 그러곤 침대 머리맡 탁자에 올려놓고는 밝은 목소리로 외쳤다.

"사유의 방! 이것은 남준의 작업실에 있는 반가사유상이야. 엄마, 파이팅!"

신통하게도 그날 이후로 아내의 행태에는 변화가 생겼다. 창을 여닫는 횟수도 줄어들었고, 방안을 배회하는 대신 침대에 앉아 30분이고 한 시간이고 숨을 고르기 시작했다. 미동도 없이 눈을 내리깐 채. 마치 반가사유상의 눈을 보는 것 같았다.

연후 씨는 막내와 함께 국립박물관 홈페이지를 검색해 같은 불상을 몇 개 더 구입했다. 아내의 극복과정에 가족 모두가 동참하기 위해서였다. 거실 TV 앞과 주방 한 귀퉁이에 하나씩, 그리고 두 딸의 책상 위에도 하나씩 세워 놓았다. 큰 애의 방엔 연노랑. 막내의 방엔 보라.

어느 날 세상이 멈췄어
아무런 예고도 없이

봄은 기다리는 법을 몰랐어.

고속도로를 달리는 투싼의 스피커에서는 「Life Goes On」이 흘러나오고 있었다. 힘든 팬데믹 시기를 견디게 해 준 노래였다. 언제부턴가 차 안에서는 아이들이 아닌 아내의 재생목록이 우선하기 시작했다.

"엄마, 요즘 애들 것도 좀 들으면 안 될까?"

뒷좌석에서 살짝 볼멘소리를 내는 막내의 옆구리를 큰 애가 콕 찔렀다. 연후 씨는 못 들은 척 전방만 주시하고 있는데, 옆자리의 아내가 고개를 돌려 막내에게 톡 쏘아붙였다.

"미친 중2병보다 센 게 갱년기라고 했다. 엄마 아직 갱년기 끝나지 않았다. 건들지 마라!"

올 뉴 투싼

"No Fear. Go Dynamic."

스포티지와 함께
한국을 대표하는 준중형 SUV

현대자동차의 투싼 시리즈는 2004년 1세대 출시 이후 매 세대마다 진화하며 글로벌 베스트셀러 SUV로 자리 잡았습니다. 초기 모델은 콤팩트하면서 실용적인 설계를 강조했으며, 세대를 거듭하면서 디자인 혁신과 첨단 기능을 채택해 진화했죠. 3세대인 올 뉴 투싼은 한층 커진 차체와 무난한 디자인, 다양한 안전 기능을 탑재해 가족용 차량으로 각광받았습니다.

뉴 스쿠프

그해 여름은 뜨거웠다

햇살이 따가운 오후. 상훈과 정호는 경춘로를 달리고 있었다. 춘천에서 직장생활하고 있는 친구를 만나기 위해서였다. 평일 오후의 경춘로는 차 몇 대 없이 한가하기 그지없었다. 상훈은 차선을 바꾼 후 속도를 낮췄다. 북한강과 강 건너 첩첩한 산들이 한눈에 들어왔다.

"풍광 죽인다. 그냥 가기 아까우니 한 대 빨며 가자. 그나저나 오늘은 춘천도 뒤집어지겠구나!"

말을 끝내기도 전에 상훈이 양쪽 차창을 내렸다.
2002년 6월. 전국이 펄펄 끓고 있었다. 기온이 높아서가 아니었다. 나흘 전 포르투갈을 잡고 사상 처음 월드컵에서 16강에 진출한 순간부터 대한민국은 용광로가 되었다. 아무리 홈그라운드였다고 해도,

이전 월드컵에서 단 1승도 못 거뒀던 팀이 목표인 16강을, 그것도 조1위로 진출한 건 이변 중의 이변이었다.

"죽을 때까지 잊지 못할 것 같다. 거스 히딩크라는 이름. 그리고 히딩크 전엔 들어본 적도 없던 이름 박지성! 안 그래?"
"물론! 하지만 나는 유상철이란 이름도 못 잊을 것 같다. 월드컵 첫 승에 통쾌한 중거리 슛으로 쐐기를 박은 그 이름을 말이지. 폴란드전 때 그전까지 안달복달했던 심정을 생각하면 정말!"
"맞다, 맞아! 염병할 16강은 못 가도 좋으니, 제발 한 번만이라도 이겨달라고 목 터지게 소리쳤었잖아. 그날 술집에 있던 넥타이들 다 같은 생각이었을 거야."

상훈의 말이 백번 옳았다. 16강이라는 목표는 아무리 홈그라운드라 해도 장밋빛 꿈에 가까운 것이었다. 86년 멕시코대회부터 네 번 연속 참여한 월드컵, 그동안 치렀던 12번의 조별 예선 경기. 단 한 번도 이겨본 적이 없었다. 헝가리에 9:0으로 참패한 1954년 스위스 월드컵은 말할 것도 없고. 열두 살부터 목 터지게 응원한 열두 번의 경기에서 말이다. 그러니 16강 이전에 가장 절박한 꿈은 첫 승일 수밖에.

2차전인 미국전을 정호는 회사에서 치렀다. 오후 3시가 되자 직원들이 모든 업무를 정지하고 TV 앞으로 모였다. 그날엔 맥주와 안줏거리들이 화수분 같은 사장의 지갑에서 나왔다. 맥주 캔을 잡는 손에 남녀도 직위도 없었다. 3년간의 회사생활 중 어느 회식 자리보다

평등한 분위기였다.

"이것 봐라, 승점 4에 득실이 플러스 2네! 포르투갈한테 져도 올라갈 수 있겠는데?"

한 번의 실점과 득점, 초조함과 안도감의 롤러코스터 끝에 무승부가 확정되자, 마냥 꿈만 같던 목표가 나른한 봄날의 아지랑이처럼 눈앞에서 넘실거렸다. 그리고 정확히 나흘 뒤, 거대한 염원을 품은 그 꿈은 대폭발을 일으켰다.

그날 정호와 상훈은 서울시청 앞 광장에 있었다. 경기 시작은 8시 반이었으나 6시쯤에 이미 광장은 꽉 차 있었다. 초대형 스크린과 모니터가 적당한 간격에 맞춰 설치되었고, 인파들 사이로는 질서정연하게 통로들이 만들어져 있었다. 자리를 잡자마자 상훈은 승리를 확신하고 있었다. 근거는 인터넷으로 확인한 기사 때문이었다.

"오만방자한 놈들 같으니! 조별 마지막 경기 바로 전날 쇼핑을 해? 1승 1패인 주제에? 아무리 상대가 약자라 해도 그렇지. 우리랑 최소 무승부는 간다는 계산인 모양인데, 그렇게 교만 떨면 천하의 피구가 열 명이 있어도 오합지졸이지요! 승점 4점인 우리는 절벽 끝에 선 각오로 임하는데, 룰루랄라 쇼핑을 방조한 그쪽 감독이 미친놈 아니냐?"

상훈의 예언대로, 아니 정확히는 광장에 모인 우리 모두의 바람대로 만년 언더독이던 대한민국은 조1위로 꿈의 무대에 우뚝 섰고, 2년 전 유로대회에서 4강에 올랐던 포르투갈은 일찌감치 짐을 싸야만 했다. 종료 휘슬이 울리자 그라운드에 주저앉은 상대 선수들을 보며 상훈이 정호의 귀에 대고 소리쳤다.

"짜식들, 잘코사니다! 귀향길에 돌팔매 맞는 건 아닐지 모르겠네."

수많은 팬들과 함께 청소로 마무리할 때까지 둘은 광란을 즐겼고, 새벽까지 건배를 외쳤다. 주변을 지나가던 여러 대의 차 지붕이 찌그러졌다. 흥분을 주체 못하는 젊은 친구들은 지나가던 버스 지붕 위까지 올라갔다. 서울의 모든 여관과 호텔엔 빈방이 남아 있지 않았을 것이다. 그보다 더 뜨거운 금요일 밤이 있을 수 있을까.

"2002년, 우리는 광장을 되찾은 거야!"
10년 어름의 선배들 몇은 백만 인파의 함성으로 가득했던 87년 6월을 떠올리며 감격하기도 했다.

부산, 대구, 인천 찍고 대전!

우린 모두 이변이 지속되기를 원했다. 거의 중독된 느낌이었다. 상훈과 정호가 춘천으로 향하던 그날 대전에서 펼쳐질 이탈리아 전에 대한 기대도 마찬가지였다. 다른 것엔 관심이 없었다. 12월에 있을 대통령선거도 너무 멀었다.

춘천에 도착하면 차를 숙소 주차장에 박아놓기로 했다. 어느 광장이 될지, 아니면 중앙로터리가 될지 모르지만 걸어서 움직이기로 했다. 상훈은 애지중지하는 스쿠프에 한 줄 홈이라도 생길까봐 미리 걱정했던 것이다. 군중들로부터 멀리 떨어진 곳에 미리 숨겨두는 것이 상책임에는 틀림없었다. 어쨌든 한 번 더 광란의 밤을 맞을 수 있기를…… 춘천까지 가서 뒷맛이 쓴 술자리를 갖지 않기를……. 중독의 후유증이 죽을 만큼 심해도 좋으니 이변이 계속되기를.

"야, 저거 티코 맞지?"
"아무리 봐도 티코지. 근데 왜?"
"갑자기 나타나서 슈웅 하고 앞질러 가네. 그런데 소리는 티코가 아닌 것 같아. 엄청 궁금하네."

손가락으로 멀어져가는 앞차를 가리키던 상훈이 가속페달을 밟기 시작했다.

"한가한 경춘로에서 터보 스쿠프가 티코에게 추월당했네, 허허!"

앞차와의 거리가 가까워졌을 때 상훈이 작은 목소리로 정호에게 물었다.

"이야, 코너링 부드럽고. 타이어도 폭이 조금 넓은 것 같아. 그렇지 않냐?"

앞차의 운전자가 팔을 반쯤 내밀고 바람을 느끼려는 듯 손바닥을 폈다. 가늘고 긴 팔과 손가락이었다. 문득 한참 유행어를 만들어내고 있는 TV 광고가 머릿속에서 흘렀다.
'열심히 일한 그대, 떠나라!'
정호는 퉁명스럽게 대답했다.

"내 눈엔 상태 좋은 티코 그 이상도 이하도 아닌데. 그리고 나는 너처럼 남의 것까지 신경을 쓸 정도로 차에 관심이 많지 않거든.
"나도 돈 좀 들였지만, 저 티코도 튜닝을 꽤 한 것 같은데. 코딱지만 한 차에 돈을 들이는 심리는 뭘까?"

힐끗 계기판을 보니 100킬로미터를 넘고 있었다. 정호가 신경 쓰는 것은 앞차가 아니라, 자신이 탄 차의 계기판이었다. 그저 느긋하게 풍경과 바람을 즐기면 될 것을……
잠시 후 속도를 줄인 앞차가 길가의 작은 휴게소로 들어섰다.

"그래, 우리도 커피나 한잔 때리고 가자."

상훈이 혼잣말처럼 중얼거리더니 핸들을 꺾었다.

정호는 이마에 손을 짚었다. 튜닝한 티코가 궁금한 건지…… 운전하고 있는 여자가 궁금한 건지……. 확실한 건 차와 여자 모두 늘 상훈의 관심 영역 안에 있다는 사실이었다. 외관만 스포츠카 흉내를 낸 스쿠프였지만, 옆자리에 호감 가는 여자를 태울 때마다 일종의 성취감을 느낀다던 그였다.

차에서 나온 상훈은 주인이 자리 비운 티코 주변을 돌며 요모조모 살피기 시작했다. 그 노골적인 관찰에 민망해진 정호는 화장실을 찾아 자리를 떴다. 그런데 화장실을 나와 담뱃불을 붙이고 보니 상훈은 그새 티코의 주인으로 보이는 아가씨와 대화를 나누고 있었다. 간간이 차를 가리키는 와중에 깔깔대는 웃음소리도 섞였다.

담배를 다 피우고 주변을 어슬렁거리는 것도 무료해진 정호는 슬그머니 두 사람에게 다가갔다. 여자와 눈이 마주친 정호는 상훈과 일행임을 암시하며 가볍게 눈인사를 건넸다. 둘의 대화는 여전히 티코에 머물러 있는 듯했다.

"진짜 엔진에 돈을 안 들였다고요?"
"괜히 무리하게 엔진에 손대면 차 망가지죠. 사고 났을 때 보상받기도 힘들고요. 돈은 스피커에 조금 들인 것밖에 없어요. 아, 대신 엔진오일은 제때 좋은 것 먹여요. 일반오일보다 두 배쯤 비싼 걸로."
"그래도 고속으로 커브 길을 돌 때 경차라고는 믿기지 않을 정도로 굉장히 안정적이던데요."
"그건 차가 내 손에 들어온 순간부터 길들이기 나름인 거죠. 거기에 관리만 곁들이면 뭐……."

여자의 대답엔 일말의 머뭇거림이 없었다. 아직 20대로 보이는 아가씨에게서 살짝 고수의 향기가 풍겼다. 정호는 말없이 둘의 곁에 서 있는 게 어색해 스리슬쩍 스쿠프 옆으로 자리를 옮겼다. 상훈의 관심이 차에서 여자에게로 옮겨가는 당연한 수순을 보면서, 하마터면 그들 앞에서 웃음을 지을 뻔했다. 하긴, 허세 없이 당당한 여자가 녀석의 이상형이긴 했다.

"춘천 집에 가는 길이라는데, 이따가 같이 응원하기로 했다."

휴게소를 떠나기 전 시동을 걸며 상훈이 들뜬 목소리로 말했다.
그들은 임시 광장이 되어버린 춘천 중앙로터리 근처의 호프집에 자리를 잡았다. 상훈과 정호, 춘천의 친구, 그리고 티코의 주인과 그녀의 친구까지 다섯 명이었는데, 일찌감치 만나 서두른 덕분에 테이블 하나를 차지할 수 있었다. 빔 프로젝터의 대형 스크린이 한쪽 벽면을 가득 채우고 있었는데, 월드컵 특수에 조금 널찍하다 싶은 술집들은 거의 다 구비하고 있었다.
광장에도 대형 스크린이 군데군데 설치되어 있었고, 둘레의 오거리까지 빈틈없이 사람들이 앉아 있었다. "대~한민국!" 경기가 시작되기도 전부터 쩌렁쩌렁 울리는 고함소리가 건물의 창을 흔들 지경이었다.
실내라고 조용한 것은 아니었다. 경기 내내 환호성과 탄식이 뒤섞

이고, 가끔은 광장의 응원구호에 맞춰 고함을 질러대기도 했다. 술잔은 쉼 없이 비워지는데, 취하기는커녕 시간이 지날수록 모두 눈빛 형형하게 기세가 올랐다.

그리고 기적은 한 번 더 찾아주었다. 연장 후반, 안정환의 머리를 떠난 공이 이탈리아의 골문을 뚫어버릴 때, 세상은 순간 멈췄다가 폭발해 버렸다. 너나 할 것 없이 팔짝팔짝 뛰었고, 끌어안았고, 울었다.

그들은 마치 1차의 술자리를 시작하듯 광란의 밤 서막을 열었다. 건배와 구호, 간간이 노래까지 섞어가며. 그리고 그제야 맘 편히 취하기 시작했다. 2차의 어느 순간 정신을 차려보니 스쿠프와 티코가 자리에서 사라졌지만, 누구도 개의치 않았다.

숙소에 어떻게 돌아왔는지 기억하지 못할 정도로 정호는 취했던 것 같다. 해가 중천에 걸린 낮에 깨보니, 먼저 눈에 들어온 건 바로 옆에서 드르렁드르렁 코를 골고 있는 상훈이었다.

월드컵이 끝나고 석 달 뒤 정호는 회사의 명령으로 1년 동안 해외근무를 했다. 대리 진급을 위한 필요과정이었다. 당시 중국 외의 대안을 미리 찾던 많은 기업들처럼 정호의 회사도 베트남에 공장이 있었다. 현지에서 만들어 수출하는 신발이나 지갑, 벨트 등의 원료 중 일부는 베트남의 소가죽도 있었다.

베트남은 덥고, 느리지만 지루하지는 않았다. 사회 전체가 젊고 역동적이었다. 12월엔 기적 같은 소식도 있었다. 그토록 바라던 이변. 노무현이 이회창을 누르고 예비 대통령이 된 것이다. 젊은 후보를 선택한 정호의 조국도 아직 역동의 숨이 남아 있었다.

처음부터 베트남에 호감을 느낀 건 아니었다. 처음 찾아온 건 어지럼증이었다. 도로를 가득 메운 오토바이들이 뿜어내는 매캐한 매연. 도로 신호체계도 빈약해 길을 건너는 것조차 어렵기만 했다. 시각적으로 어지러운 것만 해도 감당하기 힘든데, 기도와 폐로 밀려 들어오는 매연에 익숙해지는 데는 더 오랜 시간이 걸렸다.

현장이든 사무실이든 회사 안에서는 돌아가는 체계가 한국과 별 차이가 없어서 불편함을 느끼지는 않았다. 한국에서 교육받은 매뉴얼대로 현지 직원들을 대하면 될 뿐이었다. 게다가 현지 노동자들의 생산성은 정호의 상상보다 양호했다. 한국 사람만큼의 손재주와 감각을 갖고 있다는 말은 공치사가 아니었다.

현지 적응을 위해 저녁마다, 그리고 주말마다 호찌민 시내로 외출을 했다. 더위와 습기에 적응이 될 즈음 음식에도 적응을 마쳤다. 쌀국수, 반미, 분짜, 봇찐……. 국수와 젓갈을 좋아하는 정호에게 사실 적응이랄 것도 없었다. 다만 처음에 유독 힘들어했던 고수에 적응하기 위해 회사 식당에서 김치 양념을 만들어 버무려 먹기는 했다. 그런 과정을 거치자 비로소 사람이 보이기 시작했던 것 같다.

"지금 베트남과 한국의 차이가 뭔지 아나?"

종종 시내에서 함께 밥과 술을 함께 하던 회사 부장이 어느 날 저녁 정호에게 던진 질문이었다. 그는 정호가 미처 생각을 정리하기도 전에 자신의 답을 내놓았다.

"거리든 식당이든 젊은 애들이 넘쳐나는 것 알지? 마치 우리 경제 개발기인 7, 80년대를 보는 것 같지 않아? 아 참, 자네는 그걸 모르겠구먼. 하여튼 그때 우리처럼 지금 이곳의 최대 자산은 그 젊은 세대야. 겁 없이 돌무더기 메고 뛰는. 그래서 미래가 있는 거지. 반면에 우리는 늙어가는 국가의 길로 들어서고 있어. 그래서 30년쯤 뒤에 두 나라가 어떤 모습으로 서로를 바라보게 될지 사실 누구도 장담할 수 없지 않을까?"

언제부턴가는 사무실의 젊은 베트남 직원들과 시내 외출을 더 즐기기 시작했다. 그중 통역을 담당하던 직원은 귀찮고 힘들만도 한데 싫은 내색 한번 없이 동행해 주었다. 술 좋아하는 한국 직원들과 자리를 함께하는 게 매번 힘들었을 텐데 말이다. 아마 그도 정호처럼 상대방을 통해 뭐든 알아채고 배우려고 했던 것은 아니었을까.

식당, 길거리, 야시장 등 1년 동안 많이도 돌아다녔다. 그리고 가끔은 북쪽의 지방도 다녀오곤 했다. 그 친구들과 교류하면서 부장이 그렇게 힘주어 말했던 것을 충분히 확인할 수 있었다. 그들은 내면의 야망을 애써 감추려 하지 않았다. 자신을 위한 것이든, 국가를 위한 것이든. 무엇보다 즐거웠던 건 거리에 넘쳐나는 젊은이들에게서 뿜어져 나오는 에너지를 느끼는 일이었다. 탁한 공기도, 더위도, 숨 막힐 듯한 습기도 그 에너지에 다 녹아내리고 있었다.

종전 후의 한국과 종전 후의 베트남. 폐허라는 점에서 다른 점이 있을까. 억척과 부지런함, 그리고 야망으로 점철된 베트남의 젊은이들은 마치 거울 속에 비치는 젊은 우리 부모 세대의 초상 같았다.

해외 근무를 마치고 귀국하자마자 상훈의 청첩을 받았다. 며칠 남지 않은 결혼 소식이었다. 신부가 누구냐는 정호의 물음에 친구는 음흉한 미소만 건넬 뿐 답을 주지 않아 내내 궁금했다. 그 자유로운 영혼을 자빠뜨린 여인이 누구인지. 식장에 들어서고 나서야 알았다. 튜닝 티코.

피로연을 끝내고 친구들과 함께 축하의 인사를 나누는 자리에 신부가 애기를 안고 나타났다. 아주 잠깐 날짜를 계산하고 놀란 정호가 아이를 가리키며 눈을 크게 뜨자, 상훈이 껄껄 웃으며 고개를 끄덕였다. 신랑의 등 뒤로 수줍게 숨는 신부를 보면서 정호는 자신도 모르게 묻고 말았다.

"그러니까 그날… 춘천… 월드컵 베이비?"

뉴 스쿠프

"이제, 잠든 나의 열정을 깨운다!"

한국의 첫 스포츠 쿠페이자
1990년대 청년들의 드림카

스쿠프는 한국 최초의 스포츠 쿠페로, 현대자동차의 스포츠카 역사의 시작을 알린 모델입니다. 엔진은 일본 미쓰비시자동차의 기술을 바탕으로 개발되었으며, 날렵한 디자인과 합리적인 가격 덕분에 특히 젊은 층에게 큰 인기를 끌었죠. 이 중 스쿠프 터보 모델은 1992년 한국 최초로 터보 엔진을 탑재해 더 주목받았습니다.

당시 국산차 중 가장 스포츠카에 가까운 모델로, 티뷰론이 등장하기 전까지 많은 이들의 드림카로 자리했습니다. 혈기왕성한 20대 운전자들 사이에서 인기가 많다 보니 충동적인 과속 및 난폭 운전 사례가 잦아, 한때 교통사고 발생 1위를 기록한 차량이기도 했습니다. 스쿠프는 당시 젊은이들의 자유와 열정을 상징하는 아이콘으로 기억됩니다.

그랜저 1세대

나 이런
사람이야

 명철 씨 부부가 12시간 맞교대로 일하는 편의점에는 노인 일자리 수당 36만 원이 입금되는 날이면 꼭 들러, 새우깡에 막걸리 2통을 마시며 매번 똑같은 얘기를 늘어놓는 이가 있다. 한때 잘나가는 회사 사장이었다는 정 씨. 그는 호텔 로비를 꼭 '라비'라 발음하고 문지기를 '뽀이'라고 한다.

 "내가 사업할 땐 각그랜저를 탔거든. 각그랜저라고 알아? 멋진 차였지. 요즘 그랜저는 개나 소나 타는 중형차로들 보지만, 각그랜저는 그렇지 않았어요, 레전드였지, 레전드! 당시 시세로 작은 아파트 한 채 값이었으니, 진짜 부자들만 타는 고급차였어. 각그랜저를 끌고 호텔 라비에 쓰윽 미끄러져 들어가면 빨강 모자 쓴 뽀이들이 우르르 마중 나왔다고. 어딜 가도 대접받았지……."

정 사장이 그랜저를 구입한 해는 1990년이었다. 모서리가 모두 각이 서 있는 독특한 디자인으로 대번에 사람들의 눈길을 사로잡은 일명 '각그랜저'는 부자들만이 타는 최고급 승용차로, 중형차 쏘나타와 함께 국산차의 전설로 자리 잡고 있었다.

물론, 정 사장이 산 각그랜저는 중고였다. 몇 년간 운영한 와이셔츠 유통회사가 영업사원만 열 명이 넘는 규모로 성장하면서 대외신용도를 높이기 위해 최고급 차를 사기로 했는데, 그랜저 신차는 지방의 아파트 한 채 가격이라 도저히 엄두가 나지 않았다. 대우차 프린스나 현대차 쏘나타로 살까 하다가, 한 번 주인이 바뀐 검은색 그랜저를 싸게 구입하게 되었다.

과연 그랜저를 타고 다니니 사람들의 대우가 달랐다. 유통회사가 있는 골목에 그랜저를 세워두면, 지나가던 초등학생 무리 중에 먼저 발견한 아이가 의기양양하게 소리치며 달려갔다.

"와, 그랜저다! 그랜저!"

아이들은 그랜저 주변에 몰려와 만져보기도 하고, 차 안을 들여다보기도 하면서 신기해했다. 쏘나타만 끌어도 부러움의 대상이던 시절이니, 그랜저는 부유층만 타는 차로 알려져 있었다. 심지어 교육청에서 그랜저는 너무 비싸고 사치스러운 차량이니, 교사 중에 그랜저를 타는 사람은 차를 처분하라는 지침까지 내릴 정도였다.

명불허전이라, 교육청에서 승차를 불허할 정도로 고급차인 그랜저는 말이 국산이지 내부 부품은 거의 모두 일본 미쓰비시에서 들여와 조립한 차라서 잔고장이 거의 없었다. 휘발유 값도 200원 내외라 큰 부담이 되지 않았다.

각그랜저는 국산 유일의 고급차인 만큼 강도나 도둑의 표적이 되기도 했다. 정 사장이 그랜저를 잘 타고 다니던 때에 엽기적인 토막살인과 인육 파티로 한국 사회를 전율케 한 지존파도 그랜저 탄 사람들을 범행 대상으로 삼았다고 했다. 나중에는 조직폭력배들까지 각그랜저로 허세를 부렸다.

정 사장의 그랜저도 범죄 대상이 되었다. 어느 더운 여름날이었다. 아내와 어린 아들을 태우고 거래처에 다녀오는 길에 잠시 슈퍼마켓에 들리게 되었다. 마침 아들이 뒷좌석에 누워 자고 있어서, 시동과 에어컨을 켜놓고 창문도 반쯤 내려놓은 채 둘이 잠깐 슈퍼마켓에 들어갔다가 나와보니 차가 사라지고 없었다.

"어? 내 차 어디 갔어?"

차보다도 차에 타고 있는 아들이 걱정이었다. 핸드폰도 없던 시절이었다. 정 사장 부부는 가게에 뛰어들어가 경찰에 도난 신고를 해놓고 이리저리 뛰어다녀 보았으나, 차를 타고 가버린 도둑들을 잡을 수는 없었다. 남자 둘이 그랜저에 올라타더라는 목격자가 나타나 차량 절도범이란 사실만 확인했다.

다행히 한 시간도 안 되어 그랜저와 아이를 찾을 수 있었다. 도둑

놈들이 차를 끌고 가다가 뒤늦게 뒷좌석에 아이가 있는 것을 발견하고는 전철역 앞에 세워놓고 달아나버린 것이다. 거리에 CCTV가 없던 시절이라 범인들은 잡을 수 없었으나, 아이를 되찾은 것만도 행운이었다.

각그랜저가 사업에 얼마나 도움이 되었는가는 알 수 없지만, 거래처에 갈 때마다 어깨에 힘이 들어가는 기분이었다. 거래처 사람들에게 나는 그랜저를 타는 돈 많은 사장이니 믿고 거래해도 된다는 무언의 신호를 보내는 기분이었다.

거래처 사장들과의 만남도 골목 다방이 아니라 호텔 로비를 택하는 일이 많아졌다. 골목에는 차 대기가 힘든데, 호텔에 그랜저를 끌고 가면 주차요원이 튀어나와 친절하게 주차 서비스를 해주기 때문이었다.

제일 좋은 건 역시 거리에 나서는 거였다. 엑셀, 프라이드, 티코, 프린스, 쏘나타 같은 중소형 차들을 추월해 달리노라면 자금 문제로 인한 스트레스까지 잠시 잊을 정도로 기분이 좋아졌다.

다른 차들을 추월하고 과속으로 질주하는 습관 때문에 대형 사고를 칠 뻔한 적도 있었다.

여름휴가를 맞아 정 사장 내외가 검정 그랜저에 영업부장 부부까지 태우고 가평으로 놀러 갈 때였다. 경춘국도가 아직 왕복 2차선이어서 좁고 위험할 때였는데, 대성리 못 미쳐 긴 언덕길에서 앞서가던 탱크 대열을 만났다. 가평군 현리에 있는 맹호부대에서 기동훈련 하러 나온 탱크들이었다. 십여 대의 탱크들이 포탑 위에서 군인이 흔드는 빨간 깃발을 따라 요란한 엔진소리에 검은 연기를 뿜어대며 천천히 올라가고 있었다.

"탱크 따라가다가는 해 안에 못 가겠네."

중얼거리는데, 텅 빈 반대 차선이 눈에 들어왔다. 무슨 일인지 언덕을 내려오는 차가 단 한 대도 없었다. 순간, 탱크를 추월해야겠다는 생각이 들었다. 도대체 왜 그런 멍청한 생각을 했는지 모르지만, 아마도 그랜저라는 자부심이었을 것이다.
정 사장은 갑자기 중앙선을 넘어 맞은편 도로에 올라 힘차게 액셀을 밟았다.

"사장님! 왜 이러세요? 추월하지 마세요!"
"여보! 미쳤어?"

영업부장과 아내가 기겁하며 고함쳤지만, 탱크 엔진과 캐터필러 굉음 때문에 잘 들리지도 않았다. 마음을 바꾼다 해도 이미 늦었다. 탱크들은 차폭이 넓어 한 개 차선에 들어가지 못하니 캐터필러가 중앙선을 밟고 달렸다. 정 사장은 역주행 차선의 끝으로 차를 몰며 전력을 다해 언덕을 달려 올라갔다.
만일 차들이 내려오면 탱크 사이로 들어가야겠다는 생각도 했는데, 앞뒤 탱크 사이에 거리가 너무 짧았다. 설사 여유가 있다 하더라도 잘못 끼어들었다간 두 가족이 몰살할 수 있었다. 맞은편 차선에 차가 나타나기 전에 고개 꼭대기를 넘어가는 것 외에는 선택지가 없었다. 오줌을 지릴 것 같은 긴장 속에 더욱 세게 액셀을 밟았다.

순간적인 충동으로 시작된 역주행이 드디어 끝이 보이기 시작했다. 언덕길의 끝이 보이고, 선두에서 대열을 이끄는 선도 탱크도 고갯마루를 향해 막바지 매연을 뿜어대고 있었다. 여전히 맞은편 차도에서는 단 한 대의 차도 안 내려오니, 천운이다 싶었다.

"에고, 이제 살았다."

정 사장은 자기도 모르게 소리치며 고갯마루에 올라섰다. 그런데 아뿔싸! 맞은편 차선에는 고갯마루까지 차들이 꽉 차서 올라오는 중이었다. 목재를 실은 트럭 한 대가 저속으로 오르는 바람에 차들이 밀렸던 것이었다.

갑자기 그랜저가 나타나자 트럭이 놀라서 옆으로 휙 꺾고 뒤따르던 차들도 갈팡질팡 이리저리 갈라져 급정거했다. 고갯마루는 순식간에 뒤엉킨 차들로 엉망이 되었다. 선두 탱크가 급정거하지 않았다면 대형 사고가 터졌을 것이었다.

정 사장이 운전대에 박았던 고개를 들어보니 차들이 이리저리 흩어져 있을 뿐, 눈에 띄는 사고는 없는 것 같았다. 영업부장도 아내도 너무 놀라서 아무 말도 못하고 있었다. 뒤엉킨 차들의 운전사들도 너무 놀라 밖으로 나오지 않고 있었다.

도로용 CCTV는 물론 차량용 블랙박스도 없던 시절이었다. 큰 사고가 아닌 이상 도망쳐버리면 그만이었다. 정 사장은 꺼진 시동을 켜고, 엉킨 차들 사이로 재빨리 빠져나왔다. 그리고 텅 비어 있는 내리막길로 들어서서 힘껏 액셀을 밟았다.

탱크 사건 이후로 정 사장은 다시는 언덕길에서 다른 차를 추월하지 않았다. 그러나 운전자가 아닌 경영자 정 사장은 여전히 허욕을 따라 질주했다. 와이셔츠 유통으로 돈이 좀 벌리자 자신이 직접 공장을 세워 와이셔츠를 생산하기로 결정한 것이다.

대기업과 의류 전문 중견기업들이 난립하는 와이셔츠 생산시장에 소자본을 들고 뛰어든다는 것은 언덕길에서 탱크를 추월하겠다던 어리석은 질주와 다름없는 짓이었다.

2000년대 들어 북한 땅 개성에 한국 자본으로 공단이 세워졌고, 1차로 진출한 기업들이 북한 주민을 싼 인건비로 고용해 큰돈을 벌었다고 알려졌다. 정 사장은 2차 진출에 참가하려고 모든 돈과 연줄을 끌어모았다.

"개성공단에 진출하려면 최소 40억 자본이 있어야 한다는 거야. 와이셔츠 좀 판다 해도 장사꾼에 불과한 내가 그만한 돈이 어딨어? 별짓 다 해서 돈을 끌어 모았지. 사촌형, 육촌형, 처삼촌, 처외삼촌까지 내가 아는 모든 사람한테 전화를 돌린 거 아냐. 내가 그때까지는 신용이 좋아서 돈이 모이더라고. 쌓아놓은 신용 덕분에 은행대출도 엄청 받을 수 있었지."

찢어지게 가난한 집에서 태어나 지옥이라 불러도 좋을 청계천 봉제공장에서 청년기를 보냈던 정 사장이었다. 드디어 개성공단의 자기 공장에서 와이셔츠가 생산되던 날, 정 사장은 감동하다 못해 엉엉 소리 내어 울었다.

"말이 사장이지, 내가 북한 사람들과 호형호제하며 친하게 지냈거든. 우리 담배는 순한데, 북한 담배는 독해요. 북한 사람들과 담배를 바꿔 피우고, 믹스커피를 마시며 잡담하노라면 이게 바로 한민족이로구나 싶었지."

하지만 기쁨은 짧고, 비극은 길었다.
제2공단이 문을 열고 얼마 되지 않아 남북관계가 급속도로 경색되면서 남북경제협력의 상징이던 금강산관광과 개성공단은 치명타를 입었다.
2016년 우리 정부는 북한의 핵무기 개발을 비난하며 돈줄이 된다는 이유로 개성공단 폐쇄를 선언했다. 가동 중이던 125개 기업은 시설과 원자재를 고스란히 공장에 남겨둔 채 사람만 휴전선 이남으로 철수해야 했다.

"처음에는 그래도 설마설마했지. 남측이나 북측이나 큰 이익이 걸린 일이니, 진짜 공단을 없애지는 않을 거라 생각했어. 근데 정치가 사람을 죽이더라고."

남북관계는 회복되지 않았고, 사업주들은 치명타를 입었다. 그래도 여유가 있는 사람들은 남쪽에 다시 공장을 차려 생산에 들어갔으나, 정 사장 같은 경우는 꼼짝없이 쫄딱 망하고 말았다.

"근데 정 사장님, 감옥에는 왜 갔어요? 친척들이 고소했어요?"

명철 씨의 민감한 질문에 정 사장은 웬일인지 솔직히 털어놓았다.

"정부에서 피해 기업에 50프로는 보상을 해줘서, 얼마씩이라도 갚으니까 친척들이 고소는 안 하더라고. 그래도 못 갚은 빚이 너무 많아서, 연구하다 못해 경기도 여주에 십만 평도 더 되는 엄청나게 큰 고구마밭을 매매 계약했지. 전주인이 공장 전용 허가 내주는 조건으로 계약한 다음, 잔금 치르기 전에 여러 사람들에게 분할해서 팔려고 한 거지."
"그런 일이 가능해요?"
"가능하긴 뭐가 가능해? 내 딴에는 몹쓸 잔꾀를 쓴 건데, 결국 그것 때문에 사기죄에 걸려 쪽박 차고 감옥까지……."

담배 연기를 뿜어내며 말끝을 흐리던 정 사장은 진지한 표정으로 말을 이었다.

"공단에 참여했던 기업들은 모두 어려운 상황이야. 그래도 다들 기대를 버리지 않고 있어. 반드시 공단이 재개되리라 믿고 기다리는 중이야. 공단이 재가동하면 나 같은 사람에게도 기회를 주겠지. 내가 무슨 희망이 있겠어? 오로지 그날만을 기다리며 매일 기도하고 있어."

본인의 희망일뿐, 신용 회복 불능의 빚에 쫓겨 신용불량자가 된 정 사장은 건축공사장을 전전하다가 야외주차장 주차요원으로 일했다. 그나마 차량번호를 인식하는 자동차단기가 설치되면서 주차요원도 못 하게 된 이후로는 40만 원 정도의 국민연금으로 연명하면서, 어쩌다가 노인 일자리 프로그램에 참여해 36만 원을 받는 게 전부였다.

겉만 멀쩡한 거지로 살아가는 정 사장에게 전성기가 있었다면 역시 각그랜저 몰던 시절이었다. 평소에는 막걸리 한 통 편하게 사 마실 돈도 없다가, 노인 일자리 수당이 입금되는 날이면 꼭 명철 씨 부부가 운영하는 편의점에 찾아와 각그랜저 이야기를 풀어놓는다. 막걸리 두 통에 새우깡 한 봉을 놓고 여는 첫마디는 늘 같았다.

"각그랜저라고 알아? 멋진 차지. 내가 사업할 때 각그랜저를 탔거든……."

그랜저 1세대

"최고의 승용차에는 최고의 이상이 있다."

"성공=각그랜저"
사회적 지위를 드러내던 시대의 아이콘

그랜저 1세대는 1980년대 중후반에 등장하며 대한민국 고급 세단 시장을 뒤흔든 모델입니다. 공기역학과 연비 따위는 관심 없다는 듯 멋지게 각진 외관을 자랑한 이 차는 단숨에 경쟁자인 대우자동차 로얄 시리즈를 밀어내며 성공의 상징으로 떠올랐습니다. 학교 운동장같이 넓은 실내 공간은 물론 자동 에어컨과 ABS 같은 첨단 옵션으로 당시의 상식을 뛰어넘는 사양을 자랑했죠.

1세대의 성공 이후 제네시스 브랜드의 등장 전까지 그랜저는 오랜 시간 한국 고급 세단 시장의 '원톱'으로 군림하였습니다. 지금도 관리가 잘된 1세대 그랜저가 종종 길 위를 달리면, 모든 관심이 집중되곤 하죠. 이 차량은 단순한 이동 수단을 넘어선 시대적 상징이었습니다.

뉴 아반떼 XD

화양연화
_꽃 같은 시절

원룸에서 나와 담배를 입에 문 영호는 골목길에 주차된 아반떼의 보닛을 가만히 쓰다듬었다. 20년 전 탁송차가 신형 아반떼를 아파트 입구에 부려놓았을 때의 황홀함이 생생하게 떠올랐다가 문득 가슴이 울컥해졌다. 반짝반짝 윤이 나는 새 차 앞에서 햇살처럼 환하게 웃던 아내와 유치원생 딸이 박수를 치며 폴짝폴짝 뛰던 모습이 생생하게 떠올랐다. 그는 부러 담배 연기를 길게 내뿜으며 하늘을 우러렀다. 푸른 하늘에 뜬 조각구름을 보니 후회가 먹먹하게 밀려왔다.

영호는 80년대에 프레스 기술자로 일하면서 노동운동을 접하게 되었고, 그때부터 자신이 진보적인 사람이라고 믿으며 살아왔다. 노동운동을 길게 한 것은 아니지만 친구들과 적잖은 책을 읽었고, 죽는 날까지 정신이 깨어 있는 사람으로 살아야겠다고 다짐도 했었다. 박노해의 시집 『노동의 새벽』에 실린 「이불을 꿰매며」라는 시를 읽고 나서는 남녀평등을 실천하면서 살아야겠다고 결심했고, 결혼한 이후로 꽤 오랫동안 자신이 그런 삶을 실천했다고 생각했었다.

그러나 그 모든 게 착각이었다.

장남인 영호가 결혼한 것은 서른두 살 때였다. 90년대 중반만 하더라도 나이 서른이면 남자도 노총각 취급을 받던 시절이었고, 영호처럼 장녀였던 아내도 서른을 넘긴 '완전' 노처녀였던 탓에 그들의 결혼은 반대고 자시고 따질 겨를도 없이 축제 분위기 속에 속전속결로 진행되었다.

그러나 양가 모두 가난한 집안이라, 두 사람은 영호가 여동생 둘과 오랫동안 살아온 재래시장 인근 방 두 칸짜리 빌라에서 신접살림을 시작했다. 그의 형편을 뻔히 알고 결혼을 결심했던 아내는 시누이들과 함께 사는 것을 그다지 힘들어하지 않았다. 그나마 다행인 것은 시어머니를 모시지 않아도 된다는 점이었다.

빌라에서 자식들과 함께 살던 영호의 어머니는 국수 장사를 하는 시장 점포에 딸린 방으로 거처를 옮겼다. 하지만 아내는 시어머니의 가게가 빌라 근처에 있어서 퇴근길에 들러서 인사를 해야 했고, 주말에 손님이 많을 때는 일손을 돕기도 했다. 그런 일상이 고되고 힘들었지만, 남편에게는 아무런 내색도 하지 않았다.

아내의 친구들은 요즘 세상에 시누이들과 함께 사는 것만 해도 놀라운데, 병원 간호사로 일하면서 주말에 시어머니 장사까지 돕는 게 말이 되느냐며 고개를 절레절레 내저었다. 전업주부로 살면서 집안을 예쁘게 가꾸며 사는 게 소원이었던 아내는 그저 희미하게 미소를 지었을 뿐이었다. 처가 식구들도 못마땅한 기색이 역력했지만, 영호에게는 아무런 표현도 하지 않았다. 반면 손목시계를 만드는 공장에서 프레스 기술자로 일하는 영호의 주변 사람들은 장가 한번 끝내주게 갔다며 부러워했다. 무엇보다 영호가 아침에 눈을 뜨면 아내가 알아서 침대 머리맡에 물과 신문을 놔준다는 사실을 놀라워했다. 담배도 침대 위에서 피웠음은 물론이다. 요즘 같으면 놀라서 까무러칠 일이지만, 어려서부터 그렇게 보고 자란 영호 부부는 그걸 자연스럽게 생각했다. 물론 그 시절은 몇 년 가지 못했다.

어쨌건 부부는 신혼 기간 내내 별다른 다툼 없이 열심히 맞벌이를 했다.

두 사람의 꿈은 빌라든 아파트든 두 사람만의 공간을 장만해서 오붓하게 살아보는 것이었다. 그래서 영호는 야근과 특근을 마다하지 않았고, 아내도 누구보다 알뜰살뜰 살림을 꾸려나갔다. 다행히 여동생들은 2년이 채 지나지 않아서 차례차례 시집을 갔다.

둘째 여동생이 결혼할 때는 한바탕 해프닝이 있었다.

둘째 매제는 함을 팔러 올 자기 친구들이 굉장히 짓궂다며 겁을 잔뜩 줬는데, 하필이면 함을 팔러 오는 날이 한국과 네덜란드의 프랑스 월드컵 경기가 열리는 날이었다. 매제의 친구들은 한국이 네덜란드에게 막 골을 먹었을 때 골목에 나타나서 함 사라고 고래고래 소리를 지르기 시작했는데, 그들이 떼를 본격적으로 쓰기도 전에 경찰차가 나타났다. 시끄럽다는 신고가 들어왔다며 주의를 당부하며 경찰들이 한동안 자리를 지키고 있자, 김이 제대로 샌 매제의 친구들은 이참에 축구나 보자며 우르르 신부가 기다리고 있는 영호의 집으로 몰려가서 문 앞에 엎어놓은 바가지를 와작 밟은 뒤 술상 앞에 앉아 축구를 봤다.

그전 같으면 함을 파는 풍경이 흔했고, 함 사세요, 우렁찬 소리가 동네에 들리면 이웃들이 몰려나와 신랑 친구들과 신부 가족들이 실랑이하는 모습을 키득거리며 구경하곤 했는데, 시대가 변해버린 것이다. 실제로 그 이후로 함 파는 문화는 사라져버리고 말았다.

비로소 단둘이 살게 된 영호는 이제야 신혼 기분을 제대로 누릴 수 있게 됐다며 농을 했지만, 아내는 철없는 아이를 대하듯 아무런 대꾸도 하지 않았다.

그 사이에 영호는 직장을 옮겼다. 핸드폰 사용이 일반화되면서 손목시계 수요가 크게 줄어 인원 감축이 불가피해졌기 때문이다. 옮긴 원형 톱을 만드는 공장에서는 프레스로 철판을 절단하는 일을 했다.

영호 부부는 가끔 사소한 일로 다투기도 했는데 그건 그야말로 칼로 물 베기였고, 그들은 삼 년이 넘도록 아이가 생기지 않아서 걱정이 컸다. 혹시나 하는 마음에 산부인과에서 검사받아보기도 했는데, 둘 다 이상이 없다는 진단을 받았다. 나중에는 강남에 있는 차병원에까지 가서 시험관 아기 상담도 받았는데, 시술비용이 천만 원이라는 소리에 그대로 발길을 돌리고 말았다. 당시에 천만 원이면 공장 노동자 거의 일 년 치 월급에 해당하는 거금이었다.

어떤 날은 아내와 함께 시장에 장을 보러 갔다가 쏟아져나온 유모 차들을 보곤 그만 울컥해서 하늘을 노려보기도 했다.

그 사이에 영호의 여동생들은 차례차례 아이를 낳았고, 당연하다는 듯이 그의 집에서 산후조리를 했다. 아내는 당연한 의무라는 듯 시누이들의 산후조리를 도왔고, 영호는 그냥 고맙다는 생각만 했다. 영호의 집에서 여동생들이 산후조리를 하자 가까운 곳에서 살고 있던 매제들은 선물과 산후용품을 들고 자주 드나들었고, 그는 그때마다 집 밖에서 매제들과 술판을 벌였다. 여동생들의 산후조리가 모두 끝나자, 아내는 종종 우울해했다.

하루는 영호가 월급날 직장 동료들과 회식을 하고 2차를 가기 위해서 일어나는데, 아내에게서 전화가 왔다. 술을 거의 마시지 못하는 아내의 목소리는 많이 취해 있었다.

"야, 이 나쁜 새끼야. 너 이럴려고 나 데려왔니? 넌…… 정말…… 나쁜 놈이야."

아내는 흐느끼는 소리를 더 이어가지 못하고 전화를 끊어버렸다. 놀란 영호는 곧바로 택시를 타고 집으로 달려갔다. 안방 문을 여니 아내는 방바닥에 모로 누워 잠이 들어 있었고, 그 앞에는 맥주 두 병과 딸기 몇 알이 놓여 있었다. 그 모습을 보자 가슴이 뭉클해지면서 아내가 결혼 4년 만에 참 많이 늙었다는 생각이 들었다. 술병을 치운 뒤 아내에게 이불을 덮어주면서 영호는 자신이 참 못났다고 생각했다. 그때 가난이 참 뼈아프게 와닿았다.

그러던 어느 날 아내는 기적처럼 임신했고, 행여 대가 끊길까 노심초사 마음을 졸였던 양가 부모님은 기쁨의 눈물을 훔쳤다.
아내는 남들처럼 심하게 입덧을 하지는 않았지만, 일주일에 한두 번은 꼭 물냉면 타령을 했다. 그때마다 영호는 80cc짜리 스쿠터 뒷좌석에 아내를 태우고 단골 냉면집으로 향했는데, 눈에 띄게 배가 불러온 어느 날 아내가 무심코 지나가는 말처럼 한마디 툭 내뱉었다.

"우리는 언제 지붕 있는 걸 타보나?"

영호는 아무런 대꾸도 하지 못했다. 운전병으로 제대해서 면허증은 갖고 있지만 자기 형편에 차를 갖는다는 거는 언감생심이었고, 전세 빌라에서 벗어나 저층 아파트라도 내 집을 마련하는 게 무엇보다 급한 꿈이었기 때문이다.
아내는 추석을 앞둔 어느 날, 일곱 시간의 진통 끝에 딸을 낳았다. 퇴근해서 건강하게 태어난 딸을 품에 안은 영호는 주르륵 눈물을 흘렸다. 그리고 기운 없이 누워 있는 아내의 손을 꼭 마주 잡았다.
그날 영호는 밤새도록 잠을 이루지 못했다. 공장에서 프레스만 만지고 살다가는 딸에게 가난을 유산으로 물려줄 수밖에 없겠다는 자괴감이 마음을 무겁게 짓눌렀기 때문이다.
말이 좋아 프레스 기술자이지 산업현장 곳곳이 자동화되면서 기술자의 가치는 눈에 띄게 떨어졌고, 영호가 받는 월급도 늘 제자리걸음이었다. 그가 처음 프레스 공장에 입사했을 때는 금형 기술자라면 산

업예술의 꽃으로 최고급 대우를 받던 시절이었다. 그래서 삼류 금형 기술자만 되어도 일반 기술자보다 곱절 이상은 월급을 더 받았다. 당연히 그의 최종 목표도 금형 기술자가 되는 것이었지만, 산업기술의 발달은 금형 기술자의 사회적 지위까지 떨어뜨렸고, 월급도 일반 기술자와 별반 차이가 나지 않게 되었던 것이다.

딸이 아장아장 걷게 되었을 때 영호의 고민은 더욱 깊어졌다. 힘들게 얻은 딸인 만큼 아내가 육아 문제로 간호사 생활을 그만두게 되었다. 당연히 생활은 더욱 빠듯해졌다. 그때 그에게 손을 내민 건 열 살 많은 사촌 형이었다.

"너 한옥 목수 일 배워볼 생각 없니? 날 따라다니면 기술도 금방 배울 수 있고, 열심히만 하면 벌이도 꽤 괜찮아. 그리고 이 일은 정년도 없고."

평생 기름밥을 먹어봤자 비전도 없는데, 무얼 한들 그것보다 못하겠냐 싶었다. 사촌 형의 말을 믿고, 동료들이 붙잡는 공장을 때려치우고, 목수 일을 배워보기로 했다. 사촌 형을 좇아 전국을 돌아다니던 영호는 일머리가 좋다는 소리를 들으며 금세 새끼 목수로 자리를 잡았고, 딸이 여섯 살이 되던 해에는 전세 살던 빌라에서 벗어나 저층 아파트 단지에 자신의 명의로 된 아파트도 소유하게 되었.

그러나 아내는 아파트를 장만한 것보다 시어머니의 가게가 있는 동네에서 벗어나게 된 것을 더 기뻐하는 눈치였다. 왜 그랬는지 모르겠지만, 영호는 그때 살짝 서운하다는 생각을 했었다.

생활에 여유가 좀 생기면서 영호는 승용차를 사기로 결정했는데, 아내와 마주 앉아서 맥주를 마시며 무슨 차를 살까 행복한 고민을 하던 기억이 이십 년도 더 지난 지금까지도 생생하다. 영호의 인생에서 가장 행복했던 순간을 꼽아보라고 하면, 아내와 결혼한 것과 딸이 태어난 것, 그리고 아내와 함께 무슨 차를 살까 고민하던 그 순간일 것이다.

쏘나타와 아반떼를 놓고 고민하던 영호 부부는 중형차는 다음을 기약하기로 하고, 그들의 처지에 맞는 준중형 아반떼를 사기로 의기투합했다. 계약금을 치른 한 달 뒤 탁송차가 광이 번쩍번쩍 나는 은색 아반떼를 아파트 앞에 부려놓았다. 부부는 딸의 손을 잡고 그 광경을 눈부시게 바라보았다.

영호는 새 차를 산 기념으로 바퀴에 막걸리를 붓고 경주로 가족여행을 떠났다. 사촌 형 소유의 트럭만 몰던 그에게 신형 아반떼는 경이로움, 그 자체였다. 자동으로 조절되는 사이드미러와 열선이 깔린 시트는 말할 것도 없고, 액셀을 밟고 가속을 해도 차 안은 마치 절간에라도 들어와 있는 것처럼 고요하게만 느껴졌다.

영호는 아반떼를 신줏단지 모시듯 매일매일 먼지를 닦아냈고, 세차하고 난 뒤에는 의식이라도 치르듯 정성스레 왁스를 발라서 번쩍번쩍 광을 냈다. 그런데 차를 산 지 보름쯤 지난 어느 날, 휴일을 맞은 영호는 아파트 베란다에서 여유롭게 담배를 피우고 있었다. 그때만 해도 아파트에서 담배를 피워도 뭐라고 하지 않던 시절이었다.

하지만 점차 강남 등 고층아파트가 밀집된 지역에서부터 가장들이 베란다로 쫓겨나서 담배를 피운다고 '반딧불족'이라는 신조어가 생겨났다는 기사를 보면서 영호는 참 불쌍하게들 산다고 생각했었다. 하지만 그로부터 불과 몇 년 뒤 애연가들은 모두 아파트 건물 밖으로 나와 담배를 태워야만 했다. 영호도 예외는 아니었다. 오히려 아내는 밖에서 담배를 피우고 바로 들어오면 냄새가 나니까, 한참 있다가 들어오면 안 되냐고 수시로 잔소리를 해댔다.

오층 베란다에서는 아파트 놀이터가 환히 내려다보였고, 놀이터 앞 주차공간에는 그의 아반떼가 근사하게 주차되어 있었다. 영호는 놀이터에서 친구와 놀고 있는 딸의 모습을 흐뭇하게 내려다보며 담배 연기로 도넛을 만들어 날렸다. 그런데 그때 딸애 친구가 조그만 돌멩이를 휙 집어 던졌다. 하필이면 그 돌멩이가 아반떼의 운전석 쪽 문짝에 맞았는데, 영호의 귀에는 쿵 소리가 선명하게 들렸다. 어처구니없는 상황에 그는 날다시피 아파트 밖으로 내달았고, 차의 문짝을 짯짯이 살폈다.

문짝 정중앙에 팥알 크기로 콕 찍힌 자국이 났는데, 영호의 눈에는 그것이 축구공처럼 크게 보였다. 너무 화가 나서 말도 나오지 않는데, 차마 일곱 살짜리에게 화를 낼 수도 없는 노릇이어서 막막하게 서 있었다. 사정을 알 리 없는 딸과 친구는 깔깔거리며 놀이터에서 놀이에 여념이 없었다.

당장에라도 돌을 던진 아이의 손목을 잡아끌고 그 애의 집으로 쳐들어갈까 말까 한동안 머리가 지끈거렸다. 그는 집 안에 있는 아내에게 전화를 걸었고, 흠집을 자세히 들여다보며 한동안 말이 없던 아내는 농담하며, 어깨를 으쓱해 보였다.

"껌을 붙이면 안 보이려나?"
"그걸 농담이라고 해, 지금?"
"놀이터 앞에 주차했으니까 그냥 우리 딸이 그랬다고 생각해. 그리고 중고차 된 기념으로 내가 술상 차려줄 테니까 그만 올라가."

아무렇지도 않은 표정으로 돌아서는 아내의 뒷모습을 바라보던 순간 '그래 차는 사는 순간 중고차이지. 언제까지 애면글면 애지중지 떠받들고 살 거야? 그만하자, 내 아반떼도 이제 중고차가 됐구나' 하는 생각이 들면서 돌연 마음이 편안해졌다.

이듬해에 주차하다가 실수로 뒤 범퍼가 찌그러졌을 때에도 그냥 그러려니 별다른 심경의 변화가 일지 않았다. 그래도 아반떼를 향한 애정에는 변함이 없어서 영호는 열심히 차량을 관리했다. 덕분에 딸이 고등학교를 졸업하고 나서도 그의 애마는 잔고장 한번 없이 쌩쌩 잘도 내달렸다.

영호는 아반떼에 몸을 싣고 열심히 한옥을 지으러 다녔다.

무탈한 삶에 변화가 생긴 건 딸이 중학교 3학년이 되던 해였다. 프레스 기술자가 되기 전부터 절친이었던 친구가 볼일이 있어서 근처에 왔다며 오랜만에 얼굴 한번 보자고 했다. 영호가 결혼하기 전에 나주로 귀농을 한 친구는 일 년에 몇 번이고 수확물을 택배로 보내주었다. 두 사람은 삼겹살집 앞에서 반갑게 포옹했고, 불콰하게 취했다.
계산을 마친 영호는 친구에게 어깨동무하며 호기롭게 말했다.

"어이 친구, 2차는 우리 집으로 가자. 가서 찐하게 한 잔 더 하고, 내일 아침에 해장국 먹고 가."

그러자 친구는 꽤 부담스러운 표정을 지으며 어깨동무를 풀었다.

"그냥 어디 호프집에나 가서 한잔 더하고, 난 여관에서 잘게."
"무슨 말도 안 되는 소릴 하고 있어. 내 집이 저 앞인데 자네가 여관에서 자는 게 말이 돼?"
"이 사람 세상물정 모르고 헛소리하는 건 여전하구먼. 요즘 세상에 누가 친구 집에서 술 먹고 잠을 자? 시골 여자들도 자기 집에서 누구 술 먹이고 재우는 거 다 싫어해요. 세상이 그렇게 변했어!"
"기다려봐. 우리 마누라는 다르거든요."

영호는 여전히 호기로운 태도로 아내에게 전화를 걸었다.

"어, 여보. 당신 원석이 알지? 지금 우리 동네에서 한잔 먹고 집에 가서 2차 할 거니까 준비 좀 해줘."

그러나 아내는 지금 제정신이냐며 새된 소리로 그의 말을 단칼에 잘라버렸다. 예상치 못한 아내의 반응에 화가 난 영호는 멀리서 온 친구를 내 집에서 재우지도 못하냐고 큰 소리로 맞받아쳤으나, 아내는 모텔에 가든 찜질방에 가든 알아서 하라며 완강한 태도를 고수했다. 그는 친구에게서 두어 걸음 거리를 두고 감정을 억눌러가며 설득해 보았으나, 아내는 한껏 격앙된 목소리로 협박을 한 뒤 전화를 뚝 끊어버렸다.

"좌우지간 집에 데려오기만 해봐. 이참에 아주 이혼을 해버릴 테니까."

그날 영호는 모텔에서 친구와 술을 마시며 대취했고, 아침에 일어나니 친구는 일이 밀려서 급히 내려간다는 메모만 남기고 떠난 뒤였다. 간밤의 기억은 오락가락 엉망진창이었는데, 이상하게도 '넌 어떻게 시골에 사는 나보다 세상 변한 것도 모르고 더 보수적이냐'는 친구의 한숨 섞인 목소리는 또렷이 기억이 났다. 그러거나 말거나 영호는 화가 삭지 않아서 아내와 결혼 이후 처음으로 대판 싸웠다.

그날 이후 두 사람은 두 달 동안 한마디도 말을 섞지 않았다.

그러다가 딸이 중3 2학기 기말고사를 보고 났을 때 두 사람은 또 한 번 옆집에서 들릴 만큼 큰소리로 삿대질까지 해가며 싸웠다.

아내는 애가 행복하게 살기 위해서는 대학이 중요하다며 아이를 학원으로 내몰기 시작했고, 수학 과목에는 과외까지 붙였다. 보다 못한 영호가 말했다.

"적당히 좀 해. 그깟 성적이 그렇게 중요해?"

하고 언성을 높였다.

"그러다가 애가 대학 못 가면 당신이 책임질 거야? 대학을 나와도 취직을 하네 마네 난리인데, 제발 세상 돌아가는 것 좀 살피면서 살아. 그리고 솔직히 당신이나 나나 대학만 나왔어 봐, 우리가 그 고생을 했을 거 같아?"

아내는 벌컥 역정을 내면서 안방 문을 쾅 닫아버렸고, 보름 동안 한마디도 하지 않았다. 그가 뭐라고 말을 붙이려고 하면 찬바람을 쌩 일으키며 안방으로 사라졌고, 그는 거실 TV 앞에 앉아서 술을 마시다가 소파에서 잠을 자기 시작했다.

그 이후로도 부부는 딸의 성적표가 나오면 자주 다퉜다.

그러다가 추석을 며칠 앞둔 어느 날, 영호가 일을 마치고 귀가하자마자 아내는 심각한 표정으로 할 말이 있다면서 식탁 의자에 걸터앉았다.

"그동안 내가 몇 년간 꾹 참고 얘기를 안 했는데, 이번 추석부터 나도 남들처럼 점심 먹고 친정에 갈 거야."

"그게 무슨 소리야?"

"왜, 아가씨도 명절 아침 시댁에 갔다가 점심이면 오잖아? 그런데 난 그러면 안 돼? 그리고 그런 집들 굉장히 많아. 당신네 식구들만 모르고 있는 거야. 좌우지간 올 추석부터는 점심 먹고 바로 친정에 갈 거니까, 그렇게 알고 있어."

"아니 지금까지 잘해오다 갑자기 왜 그러는 건데?"

"당신은, 아니 당신네 식구들은 내 감정이나 입장 생각해본 적 있어? 아가씨들이 나랑 함께 살 때 집안에서 손가락이나 하나 까딱했어? 지들 바쁘다고 청소를 하기를 해, 설거지를 해. 그때 난 내가 식모가 된 기분이었어. 그래도 그때는 참을만했어. 그런데 내가 임신도 못 하고 있을 때 아가씨들이 산후조리를 하러 온 건 정말 너무 한 거 아니야? 그때 내 기분이 어땠을 거 같아? 아가씨들이 입덧한다고 헛구역질할 때 얼마나 꼴 보기 싫었는 줄 알아? 입덧하고 싶어도 못 하는 내 앞에서 매일매일……. 내가 그때 우울증 알았던 거 아직도 모르지?"

영호는 망치로 뒤통수를 얻어맞은 기분이었다. 할 말을 마친 아내는 그가 뭐라고 대꾸할 새도 없이 눈물이 그렁그렁한 얼굴로 벌떡 일어나더니 안방으로 휑하니 들어가 버렸다. 그는 한동안 정신이 명해서 꼼짝도 할 수 없었다. 문득 '넌 왜 시골에 사는 나보다 더 보수적이냐'는 친구의 말이 떠올랐지만, 영호는 좀체 그 말을 받아들이기가 힘들었다. 동시에 가족들을 위해서 죽어라 일만 하고 살아온 자신의 삶이 억울하게 느껴졌다.

명절 당일 점심 식사를 마친 아내는 시댁 식구들이 모두 모인 자리에서 커피를 홀짝거리며 당당한 태도로 선언을 해버렸다.

"죄송한데요, 저 앞으로는 명절 당일에 친정에 가서 저녁을 먹을까 해요."

순간 집안 분위기가 싸해졌고, 어머니는 모두가 숨을 죽인 가운데 한참을 골똘히 생각하더니, 결국 며느리의 의견을 존중해줬다.

"그래 그동안 네가 애 많이 썼다. 그럼 앞으로 그렇게 하자."

하지만 영호는 느낄 수 있었다. 행여나 아들이 이혼이라도 당하게 될까 봐 어머니가 어쩔 수 없이 아내의 의견을 수용했다는 것을.
 하지만 아내의 파격적 행보는 거기서 끝나지 않았다. 딸이 고등학교에 입학하자마자 아이의 공부가 최우선이기 때문에 명절에 시댁은 물론이고 친정에도 가지 않겠다고 일방적으로 통보를 해왔다.
 그 일을 계기로 영호 내외의 사이는 극도로 나빠졌고, 별거까지 하게 되었다. 사태가 그 지경에 이르자 감정의 골은 점점 깊어졌고, 딸이 고3이 되던 해에 결국 이혼하고 말았다.
 영호는 어쩔 수 없이 이혼하게 되었지만(정말로 어쩔 수 없었던 것일까 하는 회한은 지금도 가슴 아프게 남아 있다), 딸에게는 지울 수 없는 상처를 남긴 것은 아닌지 두고두고 미안했다.

아내의 바람과 달리 애초부터 공부에 별로 뜻이 없었던 딸은 지방에 있는 대학에 간신히 들어갔고, 거기에서 의상 디자인을 전공했다. 대학을 졸업한 딸은 작은 규모의 의류회사에 취직했는데, 회사가 시 외곽에 자리 잡고 있어서 교통이 몹시 불편했다. 영호는 딸에게 아반떼를 물려주기로 하고, 운전면허학원 수강증을 끊어주었다. 운전면허를 딴 딸에게 도로 연수를 시킨 영호는 단골 카센터에 가서 차량 상태를 점검한 뒤 차 키를 넘겨주기로 했는데, 오늘이 바로 그 날이다.

"아빠, 뭘 그렇게 멍 때리고 있어?"

영호가 아반떼 문짝에 기대어 하늘을 우러르고 있는데, 딸이 어깨를 가볍게 때리며 물었다. 그는 아무것도 아니라는 듯 빙그레 웃으며 딸에게 차 키를 넘겼다. 그렇지만 첫 사회생활을 시작하는 딸에게 새 차를 사주지 못하고, 이십 년 넘게 몰아온 중고차를 물려주는 게 못내 미안했다.

"돈 많이 벌면 아빠는 무슨 차 사고 싶어?"

자동차의 시동을 컨 딸이 갑자기 물어왔다.

"글쎄, 이제 아빠는 마티즈나 모닝 같은 경차나 하나 살까 싶은데."
"아빠는 그게 문제야. 남자가 너-무 야망이 없어요. 내가 돈 많이 벌어서 제네시스 사줄게."

 호기롭게 얘기하며 빙그레 미소 짓는 딸의 모습에 순간 울컥한 영호는 감정을 꾹꾹 눌러 삼키며 물었다.

 "엄마는 어떻게 지내니?"
 "말수 적은 할머니로 천천히 늙어가는 중이야."

 무덤덤하게 대답하는 딸의 표정에서 묵은 슬픔을 보았다. 그는 그게 더욱 가슴 아팠다.
 그때 문득 영호는 깨달았다. 격변의 시대를 살아왔으면서도, 자신의 삶은 늘 과거에 머물러 있었다는 사실을. 돌이켜보면, 그의 또래들은 언제나 변화하는 시대에 적응하기 바빴다. 노래방이 없었던 80년대 후반까지 술집에서는 목청껏 노래를 불렀고, 옆자리에 노래를 기가 막히게 부르는 사람이 있으면 술과 안주를 시켜주는 게 흔한 풍경이었다. 목욕탕에서는 생판 모르는 사람들끼리 웃으며 서로의 등을 밀어주었고, 기차를 타면 초면인 사람들이 눈인사를 주고받다가 목적지에 도착할 때까지 함께 담배를 태우며 술을 마시다가 죽이 맞으면 전화번호를 교환하기도 했다. 그런데 90년대 들어 사회가 변화하면서 그런 문화들이 한순간에 사라져버리고, 사회 변화의 양태를 설명하는 신조어들이 끊임없이 생겨나기 시작했다. 영호가 가장 적응하기 힘들어했던 것은 장례문화의 변화였다. 장례식장에 가면 고스톱을 치면서 밤을 새우는 게 당연했는데, 어느 순간 다들 차가 생기면서 밥만 먹고 일어나는 게 흔한 풍경이 되고 말았다.

영호는 봉건적 삶의 틀에서 벗어나서 빠르게 변하는 세상의 속도에 따라갔더라면 아내와 헤어지지 않았을지도 모른다고 끊임없이 자책도 했다.

아내와 긴 냉전기를 거치는 동안 딸은 중간에서 얼마나 힘들었을까. 성인이 된 후 처음 술잔을 부딪쳤을 때, 딸은 지나가는 말처럼 무심한 어조로 "난 아빠 없이 컸어"라고 말했다. 감정이 북받친 그가 눈물을 훔치며 정말로 미안하다고, 엄마하고 너한테 모두 미안하다고 진심 어린 사과를 하자 딸이 술잔을 비운 뒤 한마디 했다.

"괜찮아. 그래도 아빠 착하긴 했잖아."

그 말이 영호에게는 더욱 아프게 다가왔다. 몇 년이 지났지만 지금도 그때 생각만 하면 콧날이 시큰거린다.

"아빠, 내가 어제 알바비를 탔는데, 차도 받았겠다 소주 한잔 쏠게."

딸은 부러 쾌활한 목소리로 말하고 차를 몰았다. 이혼하기 전에 온 가족이 자주 갔던 닭갈비 집에 주차한 딸은 성큼성큼 앞장을 섰다. 영호는 딸에게 먼저 들어가서 자리를 잡으라고 이른 뒤 담배 한 대 피워 물고 한동안 아반떼의 보닛을 쓰다듬었다. 그리고 길게 한숨을 내쉰 후, 천천히 닭갈비 집으로 발걸음을 옮겼다.

그렇게…… 꽃같은 한 시절이 흘러갔다.

실용성에 감성 한 스푼을 더하다
2000년대 초, 도로 위의 국민차

뉴 아반떼 XD는 2000년 등장한 아반떼 XD의 페이스리프트 모델입니다. 외관은 곡선미를 강조한 유럽풍 디자인에, 실내는 당시 "이만하면 괜찮네?" 싶은 편안함을 자랑했습니다. 실용적인 준중형차인 아반떼 XD 모델은 당시 한국 남녀노소에게 두루 사랑받았죠. 이웃나라 중국에서도 사랑을 받아 2008년 베이징 올림픽 당시 택시를 잡으면 열에 대여섯은 이 차였을 정도로 활약했습니다.

이 차는 물론 최고는 아니지만 그렇다고 모자라지도 않은 완벽한 밸런스 패치를 자랑했습니다. 당시 아반떼 XD의 차주들은 모두 과거의 추억과 멋을 가슴속에 품고 다닙니다.

뉴 포텐샤

그날 아내가 속삭였다

오래전 기억이지만, 결코 잊을 수 없는, 그날.

이른 아침부터 비가 추적추적 내렸다.

우울과 기쁨, 그리고 우중충함이 동시에 뒤섞인 날이었다.

늘 그렇듯 명우는 6시에 집을 나섰다. 늦어도 7시 반 정도면 회사에 도착할 것이고, 한 시간 정도 신문과 일간무역을 훑고 나면 직원들이 하나둘 출근할 것이었다. 10월의 하순으로 넘어가고 있었고, 아파트 주차장은 아직 어두웠다. 바꿀까 말까, 수시로 번민하던 포텐샤의 시동을 켜고 등을 털썩 기댔다. 고전적인 풍미가 물씬 나는 기다란 계기판에 일제히 불이 들어왔다.

명우가 샤워를 마치고 나왔을 때 식탁 위에는 딸이 준비한 미숫가루 잔이 놓여 있었다. 딸은 고3 남동생을 위해 샌드위치와 오렌지주스를 준비하고 있었다.

"고마워, 우리 딸. 사랑해."

미숫가루를 마시는데 고3인 아들이 방에서 나와 화장실로 들어갔다. 대학생 딸이 아내의 빈자리를, 아들에게는 엄마의 빈자리를 부스스한 얼굴로 채우고 있었다.

아내가 세상을 떠난 지 반년 남짓. 그 공백에 집안의 아침 풍경은 아직 적막하기만 했다. 적막과 미안함으로 매일 아침 집을 나설 때마다 가슴 한구석이 아렸다. 하지만 그럴 필요 없다는 듯 현관문을 나설 때마다 딸은 배시시 웃으며 아빠를 안아주었다.

명우가 포텐샤로 차를 바꿨을 때 아내는 처음으로 멋진 세단을 타게 됐다며 어린아이처럼 좋아했다. 달랑 후배 하나와 시작했던 무역 일도 제법 안정되어 경리를 포함해 직원이 다섯이나 되었던 때였다. 해외 고정거래처가 세 개 정도 되니, 새로운 품목이나 거래처를 물색하는 일에도 시간을 충분히 가질 수 있었다. 비로소 먹고살 만해진 명우 부부는 그간의 마음고생에 보상이라도 하듯 다달이 두 번씩은 주말여행 겸 드라이브를 즐겼다.

마치 새로이 연애를 시작하는 기분이었다. 물을 좋아하는 아내를 위해 명우는 주로 바다와 계곡을 향해 차를 몰았다. 여행의 시작은 주로 토요일 서너 시경의 새벽이었다. 아침에 목적지에 도착하고 나면 바닷가를 산책하거나 가벼운 등산을 했다. 지역의 수수한 맛집과 카페를 즐기고 밤길을 달려 돌아왔다. 여행의 즐거움에도 아이들을 챙겨야 한다는 강박에서 벗어나지 못하던 아내였다.

"매번 운전하느라 당신만 고생하니, 나도 빨리 면허를 딸게. 내가 당신을 옆자리에 태우고 다니는 기분은 어떨까?"

채 1년을 못 채운 달콤함이었다.
아내의 감기가 너무 오래간다고 생각했다. 기침도 멎질 않고, 가슴에 통증이 잦아진다고 했다. 잔병치레 없이 지극히 건강한 사람이어서, 중년이 되니 면역력이 약해진 정도로만 생각했다. 동네 의원의 소견서를 들고 찾은 대학병원에서 청천벽력 같은 소식을 듣기 전까지는.

"폐암이요? 우리 부부는 둘 다 담배 한번 피워본 적 없는데요?"

3기라고 했다.
독한 항암치료와 빠른 전이는 반년도 안 돼서 아내를 앗아갔다. 암 판정이 사형선고와 다름없던 시절이어도 너무도 빨랐다. 명우와 아이들에게는 준비하고 자시고 할 것 없는 너무나도 급작스러운 상실이었다.

"여보, 우리 이 집 팔고 전세로 옮기자."
"아니, 그래도……. 어떻게 마련한 집인데. 당신의 꿈이었잖아."
"당신 사업이 우리 가족의 생명줄인데, 집이야 잠시 떠나면 되는 거지 뭐. 이 집 끌어안고 살며 매달 대출금을 갚느니, 차라리 그 돈을 당신 사업 경비로 쓰는 게 맞는 거 같아. 그래야 내 맘도 편해. 큰 애 내년에 고등학교 들어가고 나면, 나도 일자리를 알아볼 거야. 당신이 아무리 태평한 척한들 내가 눈치를 못 챘겠어? 하나 있는 직원 박 부장 월급 주기도 이젠 버겁지? 당신, 혹시라도 사무실 월세도 못 내서 나 몰래 빚낼까 봐 조마조마해."

명우가 종합상사를 퇴직하고 오퍼상을 시작한 지 2년쯤 되었을 때였다. 뭔가 일이 맺어질 듯 맺어질 듯하면서도 지지부진하던 시기였다. 일회성의 오퍼 중개는 간간이 이루어졌지만, 그것으로는 경비도 메꾸기 힘들었다. 유일한 고정 거래처의 품목은 말레이시아에서 수입하던 나무 액자뿐이었는데, 매달 박 부장 월급을 주고 나서 명우가 집에 가져가는 건 몇 푼 되지 않았다. 퇴직금으로 마련한 종잣돈이 거의 말라가고 있던 시절이었다.

"여보, 사랑하는 박-명-우 씨, 내 말대로 해주세요!"

자괴감에 고개를 떨군 채 대답을 못하는 남편의 손을 꼭 붙잡으며, 아내가 말했다.

명우에게 아내는 처음 만난 이후로 결코 없어서는 안 될 햇살과도 같은 존재였다. 그건 아이들에게도 마찬가지였다.

그런 존재의 꺼져가는 생명을 지켜보는 것은 가족 모두에게 너무나도 가혹한 고통이었다. 항암치료 중 머리가 다 빠지고, 음식을 제대로 넘기지 못하는 엄마를 돌보기 위해 대학 초년생이었던 큰애는 한 학기를 쉬기까지 했다. 어떻게든 엄마에게 먹일 수 있는 음식을 만들기 위해 주변에 수소문하고 모든 신문 잡지를 다 뒤졌다. 아내도 비록 토할지언정 어떻게든 그 음식들을 입에 넣었다. 자신과 가족을 위해 다시 일어서야 했기 때문에.

"난, 애들보다 당신이 더 걱정이 돼. 애들이야 당신이 잘 돌봐줄 거 잖아. 그런데 당신은…… 내 생각 말고, 좋은 사람 만나……. 당신과 영덕에서 먹었던 된장물회를 꼭 다시 먹고 싶었는데……."

생명의 불꽃이 꺼지기 전 마지막 한번 반짝인다고 했던가. 담당 의사의 권유로 임종을 준비하고 있을 때, 혼수상태에 빠져 있던 아내가 돌연 의식을 되찾았다. 그러고는 침상에서 자신의 손을 꼭 쥐고 있던 남편의 뺨을 삭정이 같은 손으로 어루만졌다. 그랬던 아내는 채 한 시간이 지나지 않아 기적 같은 희망의 끈을 붙잡고 있던 가족의 곁을 떠났다. 지극히 평온한 얼굴을 한 채.

그 후로 가끔 명우는 차 옆자리에 누군가 타고 있는 걸 느꼈고, 그럴 때마다 차를 바꾸고 싶은 충동을 느꼈다. 산 지 2년밖에 안 된 차를.

한 몸뚱어리 속에서 정반대 방향을 향한 두 개의 바퀴가 동시에 굴러가는 것은 참으로 기묘한 일이었다. 명우의 안에는 끊임없이 심연으로 잡아당기는 어둠과 햇살 아래의 산들바람이 공존했다.

"형, 회사도 이젠 궤도에 올랐는데 낡은 쏘나타 버리시고 새 차를 구입하시는 게 어때요?"

"왜, 이제 폼 좀 잡으라는 거냐? 그러다 초심 잃어."

박 부장은 답답하다는 듯 머리를 쓸어 넘기고는 벌컥 술잔을 비웠다.

"그게 아니라 비즈니스를 위해서 드리는 말입니다. 국내에 들어온 바이어들 태우고 다닐 때 좀 그렇잖아요. 솔직히 가오도 떨어지죠. 지난번 내 차 정비소 갔을 때 형 차 운전해보니 살짝 탈탈거립디다. 무슨 천식 환자 기침하듯이. 이제, 그만 전역시키시죠. 투자 아닙니까?"

어느 날 단출한 술자리에서 개업 공신 박 부장이 툭 던진 말을 명우는 일단 귓등으로 듣고 흘리려 했다. 사실 처음에 그 말을 듣자마자 마음속에서 반발이 일었던 데엔 그만한 이유가 있었다. 무역오퍼상으로 순탄하게 성공한다는 것은 80년대 중반까지나 통용되던 말이었다.

하지만 90년대 들어서는 연간 개업하는 오퍼상보다 폐업하는 오퍼상의 수가 더 많았다. 통계가 그것을 증명하고 있었다. 이미 피 터지는 경쟁의 바다였다. 분명히 사업은 궤도에 오른 듯했다. 해외 고정거래처도 늘어났다. 국내 판매망이 넓어진 만큼 말레이시아 액자 양도 늘어났고, 인도네시아의 유연탄과 일본의 절삭기계 등 모든 것이 안정되어가고 있기는 했다. 거기에 연간 서너 차례 이루어지는 러시아 거래처의 철강 중개까지.

경리를 둘만큼 직원의 수도 늘었다. 하지만 그게 아주 풍족하게 벌고 있다는 의미는 아니었다. 거래처는 언제, 어떤 이유로든 떠날 수 있지만, 한번 고용한 직원은 쉽게 내보낼 수 없다. 어려운 시기를 거쳐 오는 동안 명우는 자신도 모르게 방어적으로 변해 있었던 것이다.

그러나 박 부장의 마지막 말에 명우는 번쩍 정신을 차렸다. 자신이 너무 조심스러운 나머지 사업 마인드마저 가둬놓고 있는 건 아닌가, 하는 깨달음이었다. 대표의 차는 단순한 이동 수단은 아니지 않은가. 자신과 교류하는 다른 사장들도 거래처 등 주변 조건들 때문에 어쩔 수 없이 그 이동 수단에 변화를 주지 않았던가.

며칠 고민 끝에 출시한 지 얼마 안 된 포텐샤를 큰맘 먹고 장만했다. 비록 2200cc 저사양이었지만 세단의 품격을 족히 충족할만한 성능이었다. 박 부장과 함께 막걸리 붓고 절도 했다.

지르는 김에 차량에 장착해서 통화 가능한 모토롤라 핸드폰도 스피커까지 포함한 세트로 장만했다. 운전 중에도 통화하기 위해서였다. 거금 280만 원을 들였다. 지금은 거의 사라진 모토롤라지만 당시에는 왕중왕이었다. 그리고 놀랍게도 그 두 가지는 진짜 투자가 되었다.

제비가 박씨를 물고 오듯이, 포텐샤를 뽑고 나서 얼마 되지 않아 최소 몇 년간은 안정적인 수입을 가져다줄 해외 고정거래처가 두 개나 생겼다. 단발성이 아닌 해외 장기 거래처를 확보한다는 것이 얼마나 어려운 줄 알기 때문에 그들은 그 포텐샤를 행운의 부적이라 부르기도 했다.

명우가 운전하고 있던 것이 바로 그 부적이었다.

갑자기 울리는 벨 소리에 언제부턴가 가다 서기를 반복하던 강변북로의 한 지점에서 정신을 차렸다. 샌디에이고에서 온 전화였다. 7시가 채 안 되었으니 현지는 오후 3시쯤이었을 것이다, 차는 막 한강대교를 지나고 있었다. 상대방의 목소리에서 바다의 내음이 느껴졌다.

"소닉2000에 대한 좋은 소식 있나요?"

소닉2000은 샌디에이고의 파트너가 직접 개발한 초음파 수술기였다. 당시 '파괴검사'라는 이름으로 볼트 하나까지 완전히 분해되어 유해 물질 검사를 받는 중이었는데, 사실 전날 오후 늦게 합격 통보를 받은 상태였다.

한 달 전쯤 파트너가 내한했을 때 개최했던 수도권 제품 설명회도 성황이었다. 비급여 항목을 목마르게 찾는 병의원급 원장들에게 새로 개발된 기계는 놓칠 수 없는 관심사였다. 검사까지 마친 상태였으니 수입에 장애가 될 요소는 더 이상 없어진 것이다.

"내일 아침 출근하면 당신 사무실 팩스가 좋은 소식을 물고 있을 거요."

희망의 언질을 주고 통화를 끝냈다. 속으로는 너무 일이 술술 풀려

조심스러울 정도였다.

한남대교 앞에 이르자 다리 위는 건너는 차들로 가득했다. 금요일이어서 그런지 정체가 더 심해 보였다. 강남대로 상황은 안 봐도 뻔했다. 그럴 때는 늘 그렇듯 명우는 더 멀리 성수대교를 타기로 결정했다. 회사가 선릉역 근처인데다가 한남대교를 지나면 흐름이 한결 수월해지기 때문이었다.

명우는 성수대교 진입로 전에 차를 갓길에 세우고 잠시 숨을 골랐다. 갑자기 답답함이 느껴져 조수석 창이라도 열까 하다가 참았다. 비는 여전히 부슬부슬 내리고 있었다. 기지개를 크게 편 후 천천히 심호흡을 했다. 하나, 둘, 셋, 넷…… 열을 몇 번 세는 동안에도 줄곧 차를 바꿀까 말까 갈등하고 있었던 것 같다.

잠깐의 휴식을 마치고 성수대교로 진입하니 시속 3, 40km 정도의 속도로 흐름이 유지되고 있었다. 멍하니 핸들을 잡고 액셀에 발만 얹은 채로 다리의 절반쯤 지난다 싶을 때였다. 라디오에서는 김광석의 신곡 「서른 즈음에」가 흘러나오고 있었다.

우두둑. 꽝!

다리 앞쪽 어딘가에서 천둥과 같은 굉음이 들렸다. 순간적으로 다리가 흔들렸던 것 같기도 하다. 뭔지 모를 상황에 차 안에서 고개만 두리번거리니 정지화면처럼 차들이 모두 멈춰 서 있었다. 눈이 마주친 옆 차의 운전자가 문을 열고 나왔다. 동시에 명우도 밖으로 나와 고개를 쭉 빼고 앞을 살폈다.

즐비한 승용차 지붕들 너머 멀지 않은 곳에서 대교 한가운데로 추락하는 버스의 뒤꽁무니가 그의 눈에 들어왔다 사라졌다. 굉음이 들린 지 1초나 지났을까. 차밖에 나온 사람들 모두 빗속에 얼어 있었다. 명우는 우여곡절 끝에 두어 시간 후 사무실에 도착해 TV를 틀어 보고 나서야 얼마나 끔찍한 재앙이 벌어졌는지를 모두 볼 수 있었다. 불과 자신의 백여 미터 앞에서 벌어진 일을……

그 해를 전후해서 재난급의 사고들이 유난히 쉬지 않고 발생했었다. 김영삼이 대통령으로 취임하자마자 하나회를 제거해서 군부 쿠데타의 뿌리를 뽑고, 금융실명제를 전격 단행했을 때, 대부분의 국민들처럼 명우도 환호했었다. 자칭 온건 보수주의자로서 처음으로 대통령 하나 잘 뽑았다고 스스로를 칭찬하기도 했다.

하지만 취임한 그해에만도 열차 전복 사고, 예비군 훈련장 폭발사고, 아시아나 비행기 추락사고로 수십 명씩 사망하더니, 10월에는 서해 유람선이 침몰해서 300명 가까운 생명이 사라졌다. 성수대교가 붕괴한 다음 해인 95년은 더 끔찍해서 지하철 공사장 가스폭발로 100명 넘게 죽었고, 삼풍백화점 붕괴사고로 무려 500명 넘게 희생된 최악의 재난이 발생하고 말았다. 누구도 자신의 삶에 확신을 가질 수 없게 된 지극히 우울한 시절이었다.

그날 이후 차를 바꿀지 말지에 대한 고민을 명우는 일절 하지 않았다. 회사에 인사를 핑계로 자주 방문하던 차 영업사원의 제안대로 포텐샤를 V6로 업그레이드한다거나, 뉴그랜저로 교체할까 하는 생각 자체를 끊어버린 것이다. 그 '부적'은 엔진룸에서 가래 끓는 소리가 날 때까지 명우와 운명을 함께했다.

지금도 그날, 그 아침을 떠올리면 심장이 두방망이질을 친다. 갓길에서 숨을 골랐던 십여 초가 명우의 생과 사를 갈랐던 것이다.

아내를 느꼈던 그 짧은 시간이……

뉴 포텐샤

"비교할 차는 많습니다. 경쟁할 차는 없습니다."

그랜저의 독주를 막을
기아자동차의 흑기사?

기아자동차에서 마쓰다자동차 루체를 기반으로 생산했던 고급 세단입니다. 1980년대부터 현대자동차의 그랜저가 큰 인기를 끌자, 기아는 당시 기술제휴 관계였던 마쓰다자동차의 고급 세단을 조금 손봐 경쟁 차종을 세상에 내놓았죠. 전륜구동인 그랜저와 달리 후륜구동 방식을 채택해 조금 더 안정감 있는 주행 성능이 무기였습니다.

다만, 중형 세단이었던 루체를 기반으로 만들어졌던 만큼 대형 세단으로 평가받기엔 내부가 조금 좁다는 평도 있었습니다. 포텐샤는 출시된 후 10여 년간 생산되며 전국 도로를 누비다 후배 오피러스에 자리를 넘겨주고 역사의 뒤안길로 홀연히 사라졌습니다.

아우디 A6

카수가
이 정도는 타야지

시동이 안 걸린다. 몇 번이나 버튼을 눌러도 엔진은 아무 반응이 없다.

"이 차 또 왜 이래? 시간 없는데, 큰일이네."

행사장이 있는 Y읍까지 택시를 타기엔 너무 멀고 시외버스는 두 시간 뒤에나 온다. 마음이 급해진 나가수는 중고차 딜러에게 전화했다.

"또 시동이 안 걸리네? 이게 벌써 몇 번째야? 이 차 반품하면 안 되나? 아 정말!"

분노를 쏟아냈지만, 중고차 딜러는 느긋하다. 형님, 동생 하는 사이다.

"형님, 급히 누르지 말고 천천히 길게 길-게 한번 눌러보세요."

딜러가 시키는 대로 해보니 정말 시동이 걸렸다. 정말 신기하지만, 어쨌든 짜증 나는 일이다.

"한 번만 더 이런 일이 생기면 동생이 책임져."
"아이고 형님, 걱정 마십시오. 아우디가 세계적인 명차 아닙니까? 이름값은 합니다. 조만간 머리 깎으러 찾아뵙겠습니다."

읍내 이발소 한군데에서만 20년 넘게 일해온 나가수가 이발사 직업에 어울리지 않게 아우디 A6를 산 것은 단골손님인 중고차 딜러의 꼬임에 넘어간 탓이었다. 나가수가 트로트 가수로 데뷔하자 살살 외제차 바람을 불어넣은 것이다. 딜러는 '가수'를 꼭 '카수'라 발음했다.

"형님, 전도유망한 카수가 국산 똥차를 타면 되겠습니까? 카수라면 최소한 아우디는 타야지요!"
"웬 아우디? 그거 007 영화에 나오는 차잖아. 엄청 비싼 거 아냐?"
"아반떼보다도 싸니까 권하지요. 연비는 아반떼보다 훨씬 좋습니다. 타보시면 역시 세계적인 명차구나, 할 겁니다."

아우디 타는 트로트 가수라니 폼 좀 날 것 같았다. 못 이기는 척하고 구입한 차가 이 하얀색 아우디 A6였다.

딜러 말대로 연비는 거의 오토바이 수준이고, 디젤인데도 실내소음이 거의 없었다. 다만 한 가지, 시동이 걸리지 않은 게 벌써 네 번째였다. 한번은 배터리 방전이라 배터리를 교환해서 해결했지만, 나머지는 원인도 알 수 없었다. 사고 나서야 아우디가 전자 계통의 잔고장이 많다는 이야기를 들었으니 누구 탓할 것도 못 되었다.

일단 다시 시동이 걸렸으니 됐다. 나가수는 서둘러 이발소 골목을 벗어나 음성군으로 향했다. 오늘 받을 출연료는 30만 원. 온종일 머리를 깎아서 번 돈보다 많으니 기분이 좋았다.

60대 중반인 나가수가 가수 데뷔한 지는 3년째다. 나이도 먹을 만큼 먹었고, 데뷔한 지 얼마 되지도 않는데, 가끔 출연료 받고 무대에 오르니 이 바닥에서는 그래도 성공한 편이다. 더 젊고 오래된 가수들도 자선공연이나 무료공연이 대부분이니 말이다.

젊은 시절, 성격에 안 맞는 회사생활을 하다가 우연히 배운 이발 기술로 한평생 이발관에 처박혀 살아온 나가수였다. 아내까지 면도와 이발 기술을 배워 365일 함께 일해서 다른 여자 치맛자락을 훔쳐 볼 새도 없었다. 하루하루 똑같은 나날을 반복해온 그가 돌연 가수가 되기로 결심한 계기는 아버지의 죽음이었다.

나가수는 효자였다. 평생 농사를 짓느라 등에 소금꽃을 피우며 고생하던 아버지가 고혈압으로 쓰러져 대학병원 중환자실에 입원했을 때, 세상이 갑자기 회색빛으로 변하는 기분이었다.

아들딸 여럿을 두었지만, 유독 맏아들을 믿고 아끼던 아버지였다. 여기저기 호스와 주사기를 꽂고 누워 있던 아버지는 맏아들이 오면 눈을 깜빡이며 눈물을 흘리기도 하고, 아들이 손을 잡아주면 꼭 쥐고 놓지를 않았다.

뇌출혈 환자를 처음 접해보는 나가수는 말은 못해도 간간이 정신을 찾는 아버지를 보며 희망을 가졌다. 면회 갈 때마다 손을 잡아주며 말했다.

"아버지! 수술이 잘 됐으니 괜찮아질 거예요. 퇴원하면 우리 집으로 모실게요. 휠체어도 예매해 놨고, 문턱도 다 없앨 거예요."

일반병실로 옮기면서 간병인을 고용해야 했는데, 간병인의 대부분이 중국교포 여성들로 24시간 근무에 7만 원을 받았다. 한국인은 드문 데다 간병비도 8만5천 원이었다. 나가수는 일당을 10만 원씩 주는 조건으로 한국인 아줌마를 고용했다. 파격적인 일당을 주면서도 며칠에 한 번씩 5만 원을 팁으로 주고, 주 1회 휴일수당과 월 1회 월차수당도 지급했다. 덕분에 아버지는 매일 목욕하고 머리를 감아 환자 냄새도 노인 냄새도 나지 않았다.

나가수는 하루도 빠짐없이 면회 시간에 맞춰 가서 아버지 팔다리를 주물러 드리고, 어느 정도 회복되면 집에서 모시려고 휠체어까지 준비해 놓았다. 그러나 상태는 점점 나빠지기만 했다. 아버지의 팔다리 근육은 모두 빠져 뼈만 남고, 정신도 희미해져 아들이 와도 아무

반응이 없는 날이 늘어났다.

대학병원에서 퇴원시켜 집으로 모시고 오려던 계획도 포기해야만 했다. 아버지는 코에 호스를 꽂아 강제급식을 하고 있었는데, 이런 환자를 집으로 데려가면 살인죄가 된다고 했다. 나가수는 이발소에서 십 분도 안 걸리는 동네 요양병원으로 아버지를 전원시키고, 매일 면회를 다녔다.

세상에서 가장 가까운 사람의 생명이 꺼져가는 모습을 지켜보는 것은 고문이었다.

아버지는 의식이 깨어날 때마다 콧줄을 뽑으려 했다. 한번 콧줄을 뽑으면 새 걸로 꽂는데 몇만 원이 추가 지출되었는데, 돈이 문제가 아니었다. 콧구멍과 식도로 고무호스를 밀어 넣는 일 자체가 고통이었다. 그래도 본능만 남은 아버지가 몇 번이나 콧줄을 뽑아버리니, 간호사들이 양팔과 양다리를 침대에 꽁꽁 묶어 놓았다. 어디가 가려워도, 욕창이 나도 꼼짝도 할 수 없게 된 아버지는 아들만 가면 팔다리를 버둥대며 눈물을 흘렸다.

"콧줄 빼고 찬찬히 돌아가시게 내버려두면 안됩니까?"

아버지의 고통을 보다못해 물어보니, 의사는 말했다.

"아직 생명이 있는데 음식을 중단시키면 제가 살인죄가 됩니다. 아버님이 미리 생명연장치료거부 서명을 하셨어야죠."

원래 생명의 순리대로라면 처음 쓰러졌을 때 돌아가시는 게 맞았다. 회생 가망성은 전혀 없음에도 강제로 음식을 투입하며 죽기만을 기다리는 법률이 원망스러웠다. 그러면서도 전화벨만 울리면 가슴이 철렁했다. 사망 통보를 받을까 봐서였다.

아버지가 미라처럼 말라가는 것을 매일 확인하는 나가수의 마음도 무너져갔다. 마음이 무너지니 몸까지 약해졌다. 면회를 마치고 나오면 아득히 현기증이 날 때도 있었고, 몸살기 비슷한 전신통증이 지속되었다. 끝내 아버지가 세상을 떠나고 장례를 치르는데 온몸의 통증이 심해서 문상객들과 맞절하기도 힘들었다.

손님들과 수다 떠는 재미로 이발을 했던 나가수인데, 아버지가 돌아가신 후로는 손님들이 말을 걸어오는 것도 싫었다. 수다쟁이 이발사가 말을 잃으니 대부분 10년 이상 단골인 손님들이 걱정을 해주었다.

"나 사장, 요즘 웃는 모습을 통 못 보겠네. 기운 좀 차리셔."
"남자에게도 갱년기가 있다더니, 나 사장이 갱년기가 된 모양이여."

사람들은 아버지가 죽었다고 우울해하는 나가수를 이해하지 못했다.

"요양원에서 오 년, 십 년 의식도 없이 튜브로 연명하는 사람도 많아요. 아버님이 더 고생하지 않고 몇 달 만에 돌아가셨으니 다행이라 생각하고, 힘내요."

다들 좋은 말을 해주지만 나가수를 위로하지는 못했다.

우울증에 빠진 나가수를 구해준 이는 아버지를 닮아 효심 지긋한 늦둥이 외아들이었다.

"아버지, 음악치료 한번 받아보실래요?"

아들의 제안에 아내가 더 관심을 가졌다.

"음악치료가 뭔데?"
"노래를 듣기도 하고 본인이 부르기도 하면서 우울증을 치료하는 거예요. 제가 아는 치료사가 있으니 소개해 드릴게요."
"그거 괜찮겠는데? 여보, 감정 치료 좀 받아봐요."

부정적인 기운에 지배당하고 있던 나가수의 귀에는 들어오지 않는 제안이었다.

"내가 무슨 정신병자냐? 치료라니, 말도 꺼내지 마라."

딱 잘라 거절하고 말았다. 그런데 다음날 한가한 오후였다. 머리 깎아달라고 이발소에 온 아들이 거울 앞에 주먹만 한 블루투스 스피커를 놓고 음악을 틀었다. 트로트 곡조가 구성진 노래였다.

천근만근 가장의 무게 짊어지시고 허덕이는 한숨소리… 땀방울 서러움에 꽃이 된 아버지 등 뒤에 핀 하얀 소금꽃.

돌아가신 아버지 생각에 왈칵 눈물이 쏟아졌다. 아내에게 가위를 넘기고 이발소 뒷마당에 나가 벽을 잡고 울기 시작했다. 나중에는 흙바닥에 퍼져 앉아 엉엉 소리까지 내며 울고 또 울었다. 얼마나 울었을까, 흙을 털고 일어나는데 오랫동안 꽉 막혔던 가슴에 산소가 보급되는 기분이었다.

눈물도 닦고 콧물도 닦고, 이발소에 들어가자마자 아들에게 물었다.

"음악치료소가 어디냐? 나 좀 등록시켜다오."

이렇게 시작된 음악치료는 음악감상으로 시작해 직접 부르는 단계로 발전했다. 선택한 장르는 트로트였다. 어려서부터 노래 잘 부른다고 칭찬받아 온 나가수였다. 목이 터져라, 노래를 부르고 나면 가슴이 시원해졌다. 혼자 가든 여럿이 가든, 저녁마다 노래방에 가서 혼신을 다해 트로트를 불렀다.

때는 트로트의 전성시대였다.

구세대나 좋아하는 촌스러운 대중가요로 멸시받던 트로트가 갑자기 시대의 인기 아이템으로 부상해 정규방송, 케이블 할 것 없이 트로트 관련 프로그램으로 도배되고 있었다. 트로트에 열광하는 수십만 여성 팬들이 콘서트장과 경연장을 몰려다니며 얼마 전까지도 평범한 직장인이던 젊은이들을 벼락부자로 만들어주었다.

어느 날 아침, 마치 긴 꿈에서 깨어나듯 우울증에서 벗어난 나가수는 문득 생각했다.

'나도 가수가 되어야겠다. 가수가 되자!'

물론 돈이 벌리면 좋지만, 큰돈까지 벌겠다는 욕심은 아니었다. 환갑 넘은 나이에 가수가 되기만 해도 성공이라 생각했다.

알아보니 돈만 있으면 가수 되는 건 어렵지 않았다. 음반을 내고 가수협회에 등록하면 가수로 활동할 수 있는데, 음반은 자비로 내야 하니 최소 2천만 원이 필요했다. 아내는 펄쩍 뛰었다.

"우울증 치료했으면 됐지, 이 나이에 가수 돼서 뭐 하게요? 2천만 원이 뉘 집 똥개 이름이에요? 남의 머리를 2천 번 깎아야 하는 돈이라고요. 내가 2천 번 면도해야 하는 돈이라고요."

이발사와 면도사 부부의 금기사항은 부부싸움이다. 2, 3미터 공간 안에서 함께 일하다 보니, 부부가 아주 미세한 신경전만 벌여도 손님들이 금방 눈치채고 다시 오기를 부담스러워하기 때문이다. 손님들 앞에서 부부싸움을 하지 않는 게 습관이 되어, 20년 넘게 제대로 싸워본 적이 없었다.

"생각해보니 그렇군. 내가 괜한 소리를 했네."

이번에도 나가수가 바로 꼬리를 내리면서 싸움은 일어나지 않았다. 대신 나가수는 다시 우울해졌고, 보다 못한 아내가 자진해서 통장을 내주었다.

그렇게 나가수는 3천만 원도 더 들여 가수협회 회원이 될 수 있었다. 아들과 머리를 짜내어 '나는 가수'라는 뜻으로 '나가수'라는 예명도 만들었다.

가수협회 회원이 되었다고 해서 자동으로 일이 들어오지는 않았다. 온갖 자선공연에 무료로 출연해 얼굴을 알리는 한편, 집에 반주기를 사다 놓고, 노래하는 영상을 찍어 유튜브에 올렸다. 영상은 아내가 찍고, 편집은 전문가에게 돈을 주고 맡겼다.

외모도 연예인답게 바꿔나갔다. 아래위로 새하얀 양복에 보라색 와이셔츠, 반짝이는 백구두와 하얀 중절모를 샀다. 반짝이는 금술, 은술이 달린 무대복이며, 분홍색 화사한 무대복도 맞춰 입었다. 옷값만 해도 6백만 원이 넘게 들었다.

직업이 이발사이니만큼 제일 신경 쓰이는 게 머리칼이었다. 젊어서는 머리숱 많다고 부러움을 샀는데, 나이는 이길 수 없었다. 정수리부터 뒤통수까지 머리칼이 하도 많이 빠져서 땀에 젖으면 마치 암 환자처럼 보였다. 머리칼을 되살려 보려고 발모에 좋다는 샴푸를 쓰고, 영양제를 간식처럼 먹었으나 모두 헛일이었다. 중절모를 쓰고 노래하다 못해 가발까지 샀다.

출연 요청이 들어오면 아우디 A6에 한두 벌 공연복을 싣고 아내를 조수석에 태우고 공연장으로 달렸다.

반드시 아내를 데리고 공연장에 가는 데는 이유가 있었다. 못 말리는 여성 팬들 때문이었다. 길 가는 사람 천 명을 잡고 물어봐도 아무도 나가수라는 이름을 모를 것이었다. 그런데도 팬이 생겼다. 공연을 마치고 나오면 5, 60대 여성 팬들이 우르르 몰려왔고, 몇몇은 맥주 한 잔 하자고 말을 걸었다. 전화번호를 달라거나 개인적으로 만나자는 이도 있었다.

사실 이 정도는 인기 축에 끼지도 못했다. 나가수보다 몇 년 일찍 데뷔한 후배는 열성팬들이 가끔 교외의 카페를 빌려 작은 콘서트를 열어주는데, 후배가 노래 한 곡을 마칠 때마다 열성팬들이 앞다투어 현금을 찔러주었다. 나가수가 견학 삼아 따라간 적이 있는데, 무슨 스트립쇼를 보는 기분이었다. 후배는 두 시간 공연에 천만 원이나 벌었다. 콘서트가 끝난 후에는 열성팬들이 따로 펜션을 빌려놓고 후배를 위해 바비큐 파티를 벌였다. 돈은 있는데 쓸 곳이 없는, 자식들 다 키워 떠나보낸 외로운 중년여성들이 죽었던 트로트를 부활시킨 게 아닌가 싶을 정도였다.

"나 사장도 아줌마 팬들 좀 만들지 그래?"

손님들 말에 나가수는 호탕하게 웃으며 손을 저었다.

"하하하, 누구 집에서 쫓겨나는 꼴 보려구요? 나는 여자들이 접근하지 못하게 공연장에 꼭 집사람을 데리고 다닙니다만, 그래도 몰려오더라고요. 집사람이 옆에 있거나 막무가내로 대시를 하더만요."
"행복한 비명이구먼 그래. 우리 나이에 누가 옆에 오기나 하나? 노래하길 잘했군."

무명 가수 3년 만에 나가수는 벌써 백 곡이 넘는 노래를 유튜브에 올렸다. 이 역시 아내 덕분이다. 대부분 남의 노래지만, 몇 곡은 돈을 주고 자신만의 노래로 산 것도 있다. 저녁마다 유튜브의 좋아요와 댓글을 점검하는 것도 아내의 일이다.

"여보! 이거 봐요. 오늘 유튜브 구독자가 네 명이나 늘었어요. 댓글도 열 개나 달리고."
"조회수는?"
"조회수도 다 조금씩 올랐어요. 이것 봐요. 우리 노래 「군산항아」는 조회수 450개를 돌파했네. 좀 있으면 500개도 넘겠어."

부부에게 가수 활동은 돈벌이도 직업도 아니다. 두 사람이 일구어 가는 또 다른 행복이다. 평생 이발소에서 함께 일하며 이뤄낸 행복을 노래로 표현하는 것이다.

Y읍 공연은 성공적이었다. 지역축제라 군수며 군의원들이 차례로 축사를 한 후 초대받은 다섯 명의 가수가 두세 곡씩 불렀는데, 반응이 썩 좋았다. 중년여성들만 아니라 남성들과 젊은 여성들도 많이 와서 열렬히 손뼉 치며 노래를 따라 불렀다. 보통 사람들은 듣지도 보

지도 못한 무명 가수에게도 열성팬이 존재한다는 사실이 새삼 실감 나는 저녁이었다.

나가수의 팬들도 있었다. 그가 노래를 부를 때 열렬한 환호성으로 갈채를 보내던 여성들이었다. 그들 중 몇은 나가수가 아내와 나란히 행사장을 걸어 나오는데도 옆에 따라붙어 말을 걸었다.

"나가수님, 집은 어디세요? 전화번호 좀 찍어주세요. 우리가 팬클럽 만들어서 놀러 가려고요."
"아, 고맙습니다."

여성이 건넨 휴대전화에 자신의 전화번호를 찍어주고, 아내와 함께 아우디에 올랐다. 여성들이 따라와 감탄사를 남발했다.

"어머! 아우디네! 너무 멋있어요!"
"부인도 이쁘세요!"

기분 좋은 소리였다. 그런데 아뿔싸, 또 시동이 걸리지 않는 것이었다. 딜러에게 배운 대로 시동 버튼을 길게 눌러봐도 엔진은 켜지지 않았다. 여성 팬들은 그가 시동을 걸고 라이트를 켜고 출발하기만을 기다리며 차 옆에 도열해 있었다. 창피해 죽을 맛이었다. 아내가 다그쳤다.

"여보, 당장 차 바꿔요! 요즘 국산차가 얼마나 좋은데 왜 말썽 많은 외제차를 사서 망신당해요?"

설상가상, 여성 팬들이 궁금한 지 유리창을 두드려댔다. 나가수는 낭패감으로 얼굴이 벌겋게 달아올랐다. 바로 그 순간, 마지막이다, 하고 눌렀는데 시동이 부르릉하며 켜졌다. 아내가 더 반색을 했다.

"이제 살았네. 얼른 출발해요. 창피해 죽겠어."

나가수는 경황없는 중에도 열성팬들에게 인사를 하려고 유리창을 내리고 손을 흔들어주며 차를 출발시켰다. 이제 시동을 끄지만 않으면 집까지 무사히 갈 수 있을 것이라 희망을 품고서.

아우디 A6 7세대

"Progress, 영향력을 만들다."

"화려한 조명이 날 감싸네"
조명회사에서 만든 차?

대한민국에서 가장 흔하게 볼 수 있는 아우디 차량 중 하나이며 '조명 회사가 만든 자동차'라는 별명을 가지고 있을 만큼, 독특하고 세련된 LED 헤드램프 디자인이 돋보이는 모델입니다. '고급스러움과 편안함은 벤츠, 운전의 즐거움은 BMW, 세련된 디자인은 아우디'라는 스테레오타입도 있을 만큼 멋진 인테리어는 수입차 중 아우디가 가진 가장 큰 장점이죠.

연비 또한 흠잡을 수 없고, 콰트로 시스템 덕분에 주행 성능도 훌륭한 편입니다. 이 모든 요소가 어우러져 '조명과 주행의 완벽한 조화'를 만들어내며, 차주에게 즐거움을 선사합니다. 물론, 이 차가 말썽을 부리기 전 까진 말이죠. 평소엔 '멋지게 생겼으면서도 실용적이며 어디 내놔도 부끄럽지 않은' 팔방미인입니다. 다만 한번 아프기 시작하면, 차주의 가슴에 비수를 꽂기 시작했죠.

포터 2세대

어떤 인생

새벽에 받는 문자는 불길하다.

'징-징-.'

휴대전화 진동 소리에 놀란 철우는 뻑뻑한 눈꺼풀을 비비며 화면을 들여다보았다. 역시 좋지 않은 소식이다.

'K씨 위독. 중앙병원 일반병실 302호.'

간암 말기로 입원했다는 소식을 듣고도 병문안을 가지 못했던 동갑내기 친구 K가 위독하다는 문자다.

나이가 들고 보니 긴 세월을 살아오면서 만났던 사람들이 문득 떠오르곤 한다. 그중에는 사람 좋고 정도 깊지만 정작 만나면 피곤한 사람이 있다. K가 그런 친구다. 살아 있을 때는 혹시라도 만나지나 않을까 피하기 바빴지만, 죽어간다는 문자를 받고 보니 마음이 한없이 가라앉는다.

죽기 전에 한번은 보고 싶은, 아니 꼭 보아야만 할 친구였는데…….

1987년 여름은 무척 뜨거웠다. 6월 10일 연세대 학생 이한열이 시위 도중 경찰이 쏜 최루탄을 머리에 맞고 사망했다. 이 사건을 계기로 전국에서 수백만 명의 시민들이 거리로 쏟아져나왔고, 전두환 군사독재정권은 6.29선언으로 대통령 직선제, 언론 자유, 집회 및 시위 자유, 노동조합 활동 자유를 약속한다.

K를 처음 만난 것은 바로 그해 가을이었다. 철우는 강원도 탄전지대 한복판인 T시에서 광산노동자를 위한 법률상담소를 운영하고 있었는데, 여름 탄광 파업 때 앞장서는 바람에 해고당한 광부 K가 상담하러 온 것이다.

K의 본가는 제주도였다. 학력도 없고 물려받은 농토도 없어 일당 노동자로 일하던 그는 무리해서 집을 짓느라 큰 빚을 졌고, 광부가 되면 돈을 많이 번다는 소문을 듣고 머나먼 강원도까지 올라와 탄광에 취업했다.

누구나 1주일에 6일을 일하던 시절이다. 광부들은 캐낸 석탄의 양에 따라 임금을 받으니 출근 일수와 수입이 비례했다. 하지만 자욱한 석탄가루로 숨도 쉬기 어려운 지하 수천 미터 땅속에서 석탄을 캐는 일은 너무나 힘들었다. 대부분 한 달에 20일도 일하지 못했다. 광부로 입사한 신입 중 절반이 한 달을 못 넘기고 퇴사할 정도였다.

K는 달랐다. 철인과도 같은 그는 정해진 근무 일수를 꽉 채우고도 잔업과 휴일 근무를 자처해 본인 조에서 가장 많은 임금을 받았고,

곧바로 집에 송금해 빚을 갚아나갔다.

오로지 일만 하던 그를 바꿔놓은 것은 1987년 8월에 터진 대파업이었다. 전국 수천 개 사업장의 노동자들이 처우개선을 요구하며 파업을 벌이자 K가 일하던 탄광에도 자생적으로 파업이 터졌고, 괄괄한 성격에 겁이라곤 없는 그도 파업 지도부에 뽑혔다.

K는 타고난 선동가였다. 우렁우렁한 목청에 아무리 많은 사람 앞에서도 단어 하나 틀리지 않고 연설하는 능력을 가지고 있었다. 강경파를 대표하던 그는 파업이 끝난 후 회사로부터 보복 징계를 당하게 되었고, 법률 지원을 위해 철우가 운영하던 상담소에 찾아왔던 것이다.

지루한 법적 투쟁이 이어지니 K는 상담소의 단골이 되었고, 나이도 같은 둘은 절친해졌다. 당시 광부들에게는 일주일에 두 근씩 돼지고기가 배급되었는데, K와 동료들은 고기가 나오는 대로 상담소로 싸 들고 와서 삼겹살 파티를 벌였다.

법적 투쟁만으로는 해결할 수 없는 게 노동문제였다. K는 노동부와 법원에 해고 무효소송을 내는 한편, 매일 항의 시위를 벌였다. 탄광은 3교대였는데 조가 바뀔 때마다 갱도 입구에서 북을 치고 유인물을 뿌리며 항의하니, 그에 동조해서 구호를 함께 하는 광부가 점차 늘어났다.

결국 회사는 해고를 철회하고 K를 복직시켰다.

문제는 거기서 새롭게 시작되었다. 복직이 되었지만 K의 투쟁은 끝나지 않은 것이다.

K가 일하던 탄광에는 개혁파가 지지하던 후보가 새 노조위원장으

로 당선되면서 현장 분위기가 차분해지고 있었다. 그러나 K는 이에 만족하지 못하고 새 위원장에게 즉시 회사와 치열하게 싸울 것을 요구했다. 지금까지 투쟁을 함께 했던 동료까지 새 노조위원장을 믿고 기다려보자고 했으나 K는 남의 말을 듣는 사람이 아니었다.

이때 K를 지지한 건 상담소장인 철우 하나뿐이었다. 철우는 새 위원장이 구 노조간부들을 그대로 유임시키는 등 기회주의적으로 처신한다는 K의 주장에 공감하고, 함께 새 위원장을 비판하며 좀 더 강력한 투쟁을 요구했다.

이는 오랜 쟁의에 지친 현장노동자들의 감정과는 사뭇 동떨어진 주장이었다. 그러나 현장 동료들이 말릴수록 K의 고집은 더 강해졌다. 자기주장이 너무 강했던 그는 투쟁에 동조하지 않는 동료들을 비겁자로 몰아댔다. 동료들은 하나둘씩 그에게서 등을 돌렸고, 투명인간 취급을 받게 된 그의 아집과 분노는 더욱 강해졌다.

현장에서의 갈등이 심해지면서, 유일하게 K를 믿어주고 지지하던 철우도 더 이상은 들어줄 수 없는 지경이 되었다. 철우는 그에게 현장 동료들이 동조하지 않는 고립된 싸움을 중지하고, 새 노조를 믿고 차분히 교육에 들어가자고 충고했다.

자기편이라 믿었던 철우까지 돌아서자 깊은 마음의 상처를 입은 K는 결국 탄광에 사표를 내고 제주도로 내려가 버렸다. 회사는 K가 거액을 요구했다고 과장된 악소문을 퍼뜨려 그를 파렴치한으로 몰았다. 그러나 현장에서 그를 변호해 줄 동료는 없었다.

철우가 K를 만나러 제주도에 간 것은 그가 퇴사하고 몇 달 후인

1989년 초봄이었다. 그의 집은 한라산 중산간도로 아래 비탈길을 끼고 지은 아담한 양옥으로, 거실 창으로 멀리 바다가 내려다보이는 운치 있는 건물이었다.

K는 본래 직업이던 농업노동자로 돌아가 남의 밭에서 양배추를 뽑아 자신의 1톤 포터 트럭으로 실어 나르는 일을 하고 있었다. 일주일을 머무는 동안 철우도 그와 함께 여러 날 양배추밭에서 일했고, 시간이 날 때는 그의 포터 트럭을 타고 한라산이며 서귀포로 놀러 다녔다.

K의 포터는 전조등이 고장 나 쌍라이트만 켜졌다. 게다가 그는 카레이서도 놀랄 폭주족이었다. 당시 제주도의 도로는 거의 왕복 2차선이었는데, 깜깜한 새벽에 밭에 나갈 때나 놀러 다니다가 한밤중에 돌아올 때나 그는 내내 쌍라이트를 켜고 무서운 속도로 내달렸다. 마주 오던 차들이 놀라서 자기들도 쌍라이트를 번쩍이며 항의해도, K는 조금도 영향을 받지 않았다. 철우가 잠깐만 카센터에 들려 전구를 갈자고 해도 말을 듣지 않았다. 아무리 야단치고 말려도 투쟁을 멈추지 않던 광부 시절처럼, 농부가 되어서도 굽이굽이 비좁은 도로 위를 끝까지 쌍라이트만 켜고 질주했다.

어쩌면 그의 삶 자체가 전조등 망가진 포터 같았다. 도대체 막노동을 해서 무슨 빚을 갚겠는가? 술만 점점 늘어 심신이 피폐해진 K는 끝내 은행 빚을 갚지 못해 그토록 아끼던 집도 팔고 이혼까지 당한 채, 홀로 육지에 올라와 떠돌이 생활을 시작했다. 제주도에서 알게 된 밭떼기 장사꾼들 밑에서 고랭지 배추 같은 채소들을 뽑아 실어 나르는 농업노동자로 전국을 돌아다녔다.

하루 벌이 노동자로 여관방을 전전하는 그에게 남은 것이라곤 노동운동의 추억뿐이었을 것이다. 휴대전화가 대중화된 2000년대에 들어오면서 철우는 툭하면 그의 우렁우렁한 목소리를 들어야 했다.

"아, 요즘 민주노총은 어떻게 돌아갑니까? 대정부투쟁의 방향은 어떻게 잡고 있습니까?"

1990년대 들어 시작된 석탄산업 합리화로 거의 모든 탄광이 문을 닫은 후였다. 철우를 비롯한 동료 대부분이 탄광을 떠나 안산과 인천 등지에서 철근공으로, 용접공으로 어렵게 살고 있었다. 철우도 노동운동 판을 떠난 지 오래로, 반월공단의 화학 냄새 지독한 공장에서 월 기본급 80만 원을 받으며 지게차 운전을 하고 있을 때였다.

"오늘도 한잔했어요? 오늘은 어디서 일했어요?"
화제를 돌리려 해도 술에 취한 K와는 대화가 이뤄지지 않았다.

"노동자들이 죽어가고 있습니다. 자본가만 살찌고 있습니다. 민주노총이 총력을 다해 강력하게 투쟁해야 합니다. 투-쟁! 투-쟁! 결사-투쟁!"

전화기 너머로 투쟁 구호가 시작되면 다음은 노동가요를 부를 차례였다. 다른 어떤 이야기를 해도 이미 그는 듣고 있지 않았다. 먼저 끊을 수밖에 없었다.

K의 전화를 받는 사람은 철우만이 아니었다. 탄광에서 그와 친했던 사람들은 누구나 그의 기습적인 전화를 피할 수 없었다. 한밤중도 좋고, 새벽도 좋았다. 상대방 이야기는 들을 생각도 없이 혼자 흥분해 외치는 투쟁 구호와 노래는 다들 전화를 끊게 만들었다.

지친 사람들은 하나둘씩 그의 번호를 차단했다. 철우는 그래도 차마 차단하지 못했는데, 나중에는 휴대전화 국번이 011에서 010으로 바뀌면서 더 이상 전화 기습은 당하지 않게 되었다. 다른 사람들도 전화번호가 바뀌면서 점차 소식이 끊어졌다.

K의 소식이 다시 알려진 것은 거의 10년 만인 2024년 초였다. 탄광을 소재로 한 다큐 영화를 제작하던 이들이 지방 도시의 월세방에서 혼자 살며 막노동하고 있던 그를 찾아낸 것이다.

다큐 감독 일행이 그를 찾아낸 것은 대단한 노력의 결과였다. 그들은 철우가 막연히 기억하는 동네 이름을 듣고 제주도에 내려가 일주일이나 그 동네의 모든 집을 돌아다니며 수소문한 끝에 K의 누나를 만나 전화번호를 알아낸 것이다. 연락이 닿은 K는 흔쾌히 취재를 승낙했다고 했다.

사람들로부터 K가 술을 마시면 주사가 심하다는 충고를 듣고 갔던 다큐 감독은 첫 번째 면담이 끝난 후 전화를 해왔다.

"저희가 놀랐습니다. 빈 시골집에 방 한 칸을 얻어 사는데, 얼마나

어떤 인생 219

깨끗이 치우고 사시는지 모릅니다. 자기가 술을 마시면 옳은 이야기를 못 한다고 인터뷰 내내 술 한 잔도 안 마시고요. 물론 인터뷰가 끝나고 같이 한잔하니까 술버릇이 나왔지만……."

K에게 반해버린 다큐 감독은 그 뒤로 몇 번이나 K를 찾아갔다. 옛 동료들과의 관계도 잘 알기에 그에게 다른 사람들의 전화번호는 가르쳐주지 않았다. K 본인도 다른 사람들의 근황도, 연락처도 묻지 않더라고 했다.

다만, 철우에 대해서만은 노동자를 위한 훈장을 받아야 할 사람이라고 몇 번이나 감사의 말을 하더라고 했다. 주사가 귀찮아 연락을 피해온 철우 자신이 부끄러운 대목이었다.

불과 두 달 후, 다큐 감독은 K가 암으로 입원했다는 소식을 알렸다. 지나친 술로 인한 간경화가 악화되었다고 했다. 중환자실이라 면회를 할 수도 없었지만, 먼 지방 도시까지 면회 갈 사람도 없었다.

설마 금방 죽으랴 싶어 철우도 면회를 미루고 있었다. 그런데 이제 더 이상의 치료가 불가능한 상태라 일반병실로 옮겨져 죽음만 기다리고 있다는 새벽의 문자를 받으니 꼭 만나고 싶었다.

참으로 오랜만이었지만 그냥 엊그제 만났던 사이 같았다. K의 얼굴은 쪼그라들었고, 배는 복수가 차서 터질듯하고 발은 퉁퉁 부어 있었지만, 정신은 멀쩡했다. 어차피 죽을 건데 왜 담배를 못 피우게 하냐며 밖에 나가 피고 오겠다고 간호사에게 항의하는 우렁우렁한 목소리도 35년 전과 다름없었다.

겨우 눈물을 참으며 이런저런 이야기를 나누던 끝에, K가 먼저 전조등이 고장 난 포터를 몰던 제주도의 추억을 떠올렸다. 둘은 저절로 반말하는 사이가 되어 있었다.

K는 물었다.

"그때 양배추 트럭 몰고 서귀포로 영실기암으로 놀러 다닌 거 생각나?"

철우는 올라오는 눈물을 참으며 답했다.

"생각나고말고. 트럭 전조등이 망가졌는데도 안 고치고, 쌍라이트를 켜고 신나게 달렸잖아. 내가 카센터 가자고 아무리 말해도 안 듣고, 마주 오는 차들이 빵빵거리고 난리가 나도 싹 무시하고 달렸지."
"맞어, 내가 남의 말 참 안 듣지."
"그걸 알기는 아는구나?"

쌍라이트를 켜고 질주하던 1톤 포터를 생각하며, 둘은 함께 웃었다.
K는 철우가 병문안을 다녀오고 사흘 만에 사망했다.
아버지가 자신들을 버린 채 홀로 육지를 떠도는 동안에도 어머니 밑에서 제대로 성장한 세 자녀가 그를 고향으로 운구해 장례식을 치렀다고 했다. 옛 동료들은 장례식장에 가지 않는 대신 단체로 조화를 보냈다.

철우도 장례식에 가지 않았는데, 면회 때 못 해준 일이 아쉬움으로 남았다. 밖에 나가 담배 한 대만 피우고 싶다던 K의 마지막 소원을 들어주지 못한 것이 그렇게 마음에 걸렸다. 병실에 전용 휠체어도 있었으니 잠시 태우고 나가서, 그토록 좋아하는 담배를 한 대 독하게 피우게 해줄 걸 하는 짙은 후회였다.

그런데 이 이야기를 들은 다큐멘터리 감독이 말하는 것이었다.

"아, 걱정 마세요. 저희가 밖에 모시고 나가서 담배 여러 대 마음껏 피우게 해드렸습니다."

이래서 역사는 기록하는 사람의 것이라고 말하는가 보다. 가족도 친구도 못한 일을 기록하는 이들이 대신해 주니 말이다. 힘든 세월 제 마음대로 살다가 가버려, 이제는 기억하는 이 별로 없는 K는 그렇게 다큐멘터리 영화 속의 한 인물로 남게 되었다.

다행이라고, 철우는 스스로를 위로했다.

포터 2세대

"1톤 트럭의 완전 혁신!"

'돈을 벌어다주는' 차이자
대한민국 소형 트럭의 대명사

포터는 현대자동차에서 수십 년의 세월 동안 내놓고 있는 소형 트럭입니다. 1977년에 첫 출시가 되었으며, 오일쇼크 등의 여파로 잠시 단종되었다가 1986년에 미쓰비시자동차의 기술제휴를 통해 2세대로 재출시되었습니다. 각그랜저 같은 각진 외관을 가져 '각포터'라고도 불렸죠.

재출시된 이후 몇 번의 연식 변경을 거치며 아직도 화물업, 자영업, 유통업, 농장 등 대한민국 방방곡곡에서 활약하고 있는 스테디셀러가 되었습니다. 기아자동차 봉고와 함께 대한민국 1톤 트럭 시장을 주름잡고 있습니다.